약캐 토모자키 군
The Low Tier Character
"TOMOZAKI-kun";
Level.10
Lv.10
야쿠 유우키 지음
Yuki Yaku Presents
플라이 일러스트
Illustration Fly
박춘상 옮김

나나미 이나미
Lv.10
약캐 토모자키 군
Design Yuko Mucadeya + Caiko Monma
(musicagographics)

약캐 토모자키 군 10

야쿠 유우키 지음 | 플라이 일러스트 | 박춘상 옮김

커버·권두·본문 일러스트 | **플라이**

약캐 토모자키 군
야쿠 유우키 지음
Yuki Yaku Presents
플라이 일러스트
Illustration Fly
The Low Tier Character "TOMOZAKI-kun": Level.10
Lv.10
캐릭터 소개
토모자키 후미야
고등학교 2학년 약캐?
히나미 아오이
고등학교 2학년. 학교의 퍼펙트 히로인.
나나미 미나미
고등학교 2학년. 무드 메이커.
나츠바야시 하나비
고등학교 2학년. 조그맣다.
이즈미 유즈
고등학교 2학년. 잘 나가는 여자애.
키쿠치 후카
고등학교 2학년. 책을 좋아한다.
미즈사와 타카히로
고등학교 2학년. 미용사 지망.
나카무라 슈지
고등학교 2학년. 반의 보스격.
타케이
고등학교 2학년. 덩치가 좋다.
나리타 츠구미
고등학교 1학년. 여러모로 프리덤.
콘노 에리카
고등학교 2학년. 반의 여왕.
레나
20세. 술을 좋아한다.
아시가루 씨
어패 프로 게이머.

The Low Tier Character
"TOMOZAKI-kun"; Level.10

CONTENTS

0

여러 체계들이 완전하지 않음을 입증한 정리(定理)가 스스로의 불완전성도 증명하고 있다.

그러한 모순으로 가득한 숫자들의 나열을 보면서 '마치 내 모습 같구나' 싶었다.

진정한 의미에서 올바름이란 영원히 발견할 수 없음을 보여주는 것이니 절망이라고 부르고 싶다. 한편으로는 완전함이란 존재하지 않는다는 사실만은 믿을 수 있음을 보여주니 희망이라고 부르고 싶기도 하다. 그러나 그 이상으로 나는 **무미건조한 진실**에서 느껴지는 차디찬 그 감촉을 좋아한다.

문학적으로 기교를 부린 표현에 가치를 맡기고서 흔들리는 마음이야말로 진실이라고 착각하기도 하고.

서정적으로 스며드는 감상에 흠뻑 취하여 편안한 공감 속에서 스스로를 탐닉하기도 하고.

나는 허상을 잘 믿지 못하기에 본질을 잊어버리기 위해서 엮인 진통제 같은 이야기는 찰나의 위안에 불과하다. 그저 단적인 구조를 보여주는 증명 쪽이 훨씬 더 살갑게 느껴진다.

하나도 안 쓸쓸하다는 말은 억지로 비쳐질까 봐 차마 입에 담지는 않았다. 그러나 찰나의 위안보다 올바름을 더 갈구하는 이 마음은 순수한 진심이었으니까.

돌이켜보니 진즉에 마비되어 있었겠지.

나를 제외한 사람들은 필시 마취 같은 편안한 거짓에.

나는 필시 얼음처럼 차가운 논리에.

거짓과 논리, 어느 쪽이 사람을 더 매혹하는지는 따져볼 필요가 없음을 잘 안다. 그러므로 나는 진실을 찾아내기 위해서 정신을 차려보니 혼자가 되는 쪽을 선택했다.

세계를 설복하기 위해서 쌓아나갔던 행동은 차츰 확실성을 띠기 시작했다.

야성을 길들이는 맹수 조련사처럼 나는 철저한 어릿광대가 되어 나갔다.

결과는 거짓말을 하지 않는다.

결과는 거짓말을 하지 않는다.

결과만은 거짓말을 하지 않는다.

누군가가 우정을 키워나가고, 사랑하고, 실패한다. 그것에 감정 이입하여…… 마음이 동하기도 하고.

타인이 걸어 나갔던 인생의 체험담을 근거로 한 행복 따윈 나는 믿지 않는다.

그렇게 쉽사리 구원을 받아서 되겠어?

1 특정한 날에만 벌어지는 이벤트에는 대개 중요한 역할이 있다

아침에 제2피복실에 가보니 나밖에 없었다.

들어가기 전부터 이미 알고 있었다. 실제로 누군가가 이 자리에서 퉁명스러운 표정으로 인사를 건넸다면 새삼스레 무슨 말을 해야 좋을지 몰라서 당황했겠지. 그래서 어떤 의미에서 나는 안심하기도 했다.

그럼에도 나는 그 녀석이 거기에 있기를 바랐다.

나는 히나미가 보여줬던 불합리한 행동의 배후에 있던 의도를 고발했다.

다시 말해 그 녀석이 나에게 '인생 공략'을 지도해왔던 이유를 파헤쳤다.

그리하여 아무 연락도 없이 히나미가 여기에 오지 않게 된 지 어언 2주쯤 지났다.

2월 중순. 믿고 싶었던 것을 잃어버렸음을 실감하자 손가락 끝이 싸늘하게 식어갔다. 그래도 아직 믿고 싶다는 얄팍한 기대감이 몸을 옥죄었다. 기다려봤자 오지 않을 것을 알면서도 나는 떨쳐내지 못하고 그곳에 있었다. 교실에 가면 히나미가 있을 테지만, 거기 있는 히나미는 내가 이야기하고 싶은 그 녀석이 아니니까.

그러나 이 현실은 전혀 부자연스럽지 않다. 당연하다고 할 수 있겠지.

히나미는 자신이 올바르다는 것을 증명하기 위해서 토모자키 후미야라는 캐릭터를 이용했을 뿐이다. 내가 그 사실을 알아차렸기에 여태껏 해오던 대로 증명을 이어나가기란 이제 불가능해졌다.

——디잉~동, ——디잉~동.

교정을 끼고 맞은편에 있는 신교사에서 예령 소리가 되울렸다. 구교사의 망가진 스피커에서는 갈라진 노이즈밖에 들리지 않았다. 이따금씩 소리의 윤곽이 흐릿하게 되살아나다가도 이내 도로 망가져 귀를 찔렀다. 지직거리는 이 소리는 낡아빠진 라디오를 연상케 했다. 불안과 정겨움이 뒤섞인 이 음향이 현재 내 심정과 묘하게 잘 맞아떨어졌다.

이 소리는 요 며칠 동안 여러 번이나 들었던, 시간이 다 되었음을 알리는 감정 없는 소리였다.

"……안, 오려나."

나는 한숨을 내쉬고서 늘 그 녀석이 앉던 자리를 마치 잡아두려는 듯이 놓아뒀던 가방을 들었다. 그리고 여태껏 여러 번이나 지났던 복도를 홀로 걸어 나갔다.

＊ ＊ ＊

나는 복도를 걸으면서 히나미와의 LINE 대화창을 열었다.

[내일 아침, 제2피복실에서 기다릴게.]

[내일도 갈 거야.]

[앞으로도 쭉 갈 테니까 마음이 내키거든 와줘.]

미나미에게 보낸 일방적인 메시지.
답장은 오지 않고, 그저 읽었다는 표시만이 남아 있었다.
이렇듯 상대가 답장을 보내지 않는데도 메시지를 계속 보내는 행위가 일반적으로 음침하다는 걸 잘 알고 있다.
그래도 나는 이럴 수밖에 없었다.

나는 히나미 아오이에게 그저 인생을 이용당했을 뿐.
조금이나마 믿고 있었던 그 녀석과의 인연도 그저 허구였을지도 모르고.
그래도 나는 그 녀석에게 연연해 하는 이유를 말로 표현할 수가 없었다.
의존일까? 정 때문일까? ……아니면 다른 무언가?

나는 그게 무엇인지 알고 싶었다.

아시가루 씨가 내 업보를 지적했다.

다른 사람의 영역에 발을 들이지도, 자신의 영역 안으로도 발을 들이게 하지 않는 개인주의.

선택의 책임을 남에게 떠넘기거나, 반대로 누군가의 인생을 짊어지는 관계를 본능적으로 거부하는 개인경기 게이머로서의 본능이 마음속에 뿌리를 박고 있다고 했다.

분명 나는 진정한 의미에서 그 누구하고도 손을 맞잡을 수가 없었을 터였다.

그러나 그때 나는 그러한 개인주의의 범주를.

딱 하나의 영역만은 경계를 넘어보고 싶었다.

나는 그 이유를, 알고 싶었다.

그리고 한 가지 깨달은 사실.

히나미가 자기 자신의 인생과 내 인생을 오로지 '증명'하기 위해서 이용하고 있음을 알았을 때.

나는…… 그저 오로지 슬펐다.

* * *

교실에 들어가니 내 눈이 자연스레 어느 한 방향으로 이

끌려갔다.

"그러는 사쿠라는 누가 본심이야~?"

미미미와 타마 짱의 그룹에서 담소를 나누던 히나미가 때마침 같은 그룹에 속한 카시와자키 씨를 놀리는 참이었다.

"아오이는 그렇게 요리조리 빠져나간다니까~!"

"그러도록 놔둔 쪽이 잘못이지!"

빈틈 있는 웃음, 허물없는 말투.

상대를 신뢰하고 있음을 보여주려는 듯 다른 사람보다 조금 더 스스럼없는 태도.

즉…… 타인을 매료시키고, 인생을 처세하기 위해서 세심하게 쌓아온 결과물.

그 철저한 집념이 바로 히나미 아오이다. 그래서 나는 게이머로서 그 녀석을 존경했던 것이다. 그러나 실은 그녀가 하고 있는 행동은 처세보다도 더 잔혹한 것이었다.

"아오이는 치사해애~."

남을 속이는 것도 아니고, 아양을 떠는 것도 아니다.

올바름을 증명하기 위한 과정식(式)으로서 타인의 존재를 이용한다. 그것이 히나미 아오이의 진정한 모습이다.

진심으로 즐거워하고 있는 카시와자키 씨는 히나미를 신뢰하고 있다. 히나미와 대등하게 대화를 나누는 스스로에게 자긍심조차 느끼고 있는 것처럼 보였다.

완벽하지만, 조금 어리숙한 구석이 있기에 존경할 수 있는 모두가 사랑하는 여자애.

그런 여자애와 같은 그룹에서 지낼 수 있다는 사실이 기쁘기도 하고, 자신의 가치도 올라간다.

교묘히 컨트롤할 수 있는 껍질을 뒤집어쓰고서 사람의 인정욕구와 소속욕구를 자극하여 세계를 철저히 해킹해 나간다. 그것이 히나미 아오이가 만들어낸 '히나미 아오이'의 형태다.

그렇기에 결코…… 함께 말을 섞고 있는 히나미 아오이와 카시와자키 씨의 마음은 한데 이어져 있지 않다.

내 시선을 느꼈는지 미미미가 눈을 마주쳤다. 손을 붕붕 흔들며 다가와서는 나에게 웃어줬다.

"좋은 아침~! 브레인 오늘도 늦었네!"

요 며칠 동안 미미미가 부쩍 신경을 써주고 있다. 얼마 전까지 키쿠치 양과의 관계 때문에 내가 고민했던 걸 알고 있어서? 아니면 요즘에 내 낌새가 이상해졌다는 걸 알아차린 걸까? 혹은 그저 심심한 것뿐일까? 무엇이 정답인지는 모르겠지만 그녀의 그 행동 자체는 고마웠다.

"어, 어어, 그런가?"

나는 애써 평소처럼 대답했다. 미미미가 내 앞에서 목소리를 조금 낮추고서 말한다.

"있잖아, 토모자키. 하나 확인하고 싶은 게 있는데……."

내 귀에만 들리는 그 말에 긴장했다. 얼마 전에 모든 애들과의 관계를 조금씩 끊어나가자고 마음먹었을 때 내 바뀐 태도를 제일 먼저 알아차린 사람이 미미미였다.

그렇다면 이번에도……. 설마 했는데 아니었다.
“초콜릿, 다 함께 나눠주기로 얘기가 나와서 말이야…….
후카 짱, 그런 거 신경 써?”
“초콜릿……, 아아.”
나는 되물으면서 금세 깨달았다.
“괜찮아. ……키쿠치 양하고는 방과 후에 만나기로 약속
했거든.”
“아, 그럼 다행이네!”
그렇다. 오늘은 2월 14일. 즉 밸런타인데이다.
“브레인은 그런 날을 깜빡했다고 태연히 말할 법한 사람
이잖아.”
“시, 시끄러. 이래 뵈도 난 성장했다구.”
“아하하, 그렇지!”
나는 키쿠치 양과 연인 사이가 된 이후로 처음 맞이하는
밸런타인데이를 함께 보내기 위해서 방과 후에 둘이서 만
나기로 약속했다. 참고로 대략 일주일 전까지 잊고 있었던
건 사실이라서 반성하고 있다.
“사귀고 있으니…… 오늘처럼 특별한 날은.”
내가 감당해야만 하는 선을 긋듯이 말했다.
나와 키쿠치 양은 아직 개인을 뛰어넘어 서로를 책임지
는 관계까지는 이르지 못했다. 그러나 원점도, 결말도 아
닌 그사이에도 우리 둘이 모두 만족할 수 있는 지점이 있
을지도 모른다.

그래서 우리는, 굳이 말하자면 형식일지라도 관계를 키워나가기 위해서 시간을 함께 쌓아나가기로 정했다. 개인은 개인으로서 살아간다는 내 가치관을, 즉 사고방식을 키쿠치 양이 존중해준 것이다.

"응. ……그렇겠네."

그리고 현재 나는 그 시절의 약캐가 아니므로 미미미가 왜 뜸을 들이다가 말을 끝맺었는지 아마도 이해하고 있다.

그러나 내가 떠안을 수 있는 짐에는 한계가 있다. 나에게 책임이 있지 않는 이상 더 안으로 파고들 수는 없는 노릇이다.

"잘 알겠어! 그럼 기대하라구! 내가 주는 **의리 초콜릿** 말이야!"

"……아하하. 그래, 기대할게."

미미미가 과장된 몸짓과 함께 위험스러운 말을 내뱉었다. 나는 그저 무난하게 대꾸할 따름이다. 거짓말을 한 것도, 건성으로 대하는 것도 아니다.

그저 내 안에 정해놓은 우선순위를 중요하게 여기기로 결정했을 뿐이다.

"응. ……기대해."

미미미 역시 같은 거리에서 대답했다.

내 손바닥에서 흘러 넘쳐버린 상대와는 책임을 질 수 있는 범위 안에서만 대화를 나눠야 한다.

나는 그 사실을, 요 수개월 동안 뼈저리게 깨달았다.

……바로 그때.

"미미미~! 왜 그래?"

자연스럽고도 명랑한 투로 말한 사람은 다름 아닌 히나미 아오이였다.

히나미는 희한해하면서도 장난치듯 웃으며 나와 미미미를 쳐다봤다. 그것은 분명 그룹 밖에서 대화를 나누고 있는 우리 두 사람에게 보일 수 있는 자연스러운 태도였다.

그러나.

"훗훗후~! 그건 알려줄 수 없습니다!"

"그게 뭐야? 그럼……."

마음이 진흙탕 바닥 속에 푹 빠져든 것처럼 인간미라고는 찾아볼 수 없는, 두텁게 칠해진 가면의 표정이 씰룩였다.

"——토모자키 군, 알려줘!"

그녀의 입에서 속마음, 성실함, 책임 같은 게 전혀 담겨 있지 않은 말이 나왔다.

히나미가 **내 이름을 평소 말투로 부르고 있다.**

무채색 논리로부터 비롯된 의미도 없는 커뮤니케이션에 내 마음은 걷잡을 수 없이 싸늘해졌다.

* * *

그날 점심시간.

나는 학교 식당에서 늘 어울리는 그룹에 섞여 초콜릿 교환회에 참가했다. 8명이나 되는 인원이다. 안쪽 커다란 탁자에 나카무라, 미즈사와, 타케이, 나, 그리고 여자 쪽은 히나미와 이즈미, 미미미, 타마 짱이 둘러앉아 있다. 모두들 이미 점심은 먹었다. 이제부터 본격적으로 교환회가 시작되려는 모양이다.

히나미는 내 오른쪽 대각선에 앉아 싹싹하게 웃고 있다. 변함없는 퍼펙트 히로인의 모습이다. 그 자리에는 그저 히나미 아오이가 앉아 있었다.

"이 녀석들아, 냉큼 받거라~!"

금은보화를 두둑이 챙긴 산적처럼 외치면서 초콜릿을 나눠주고 있는 사람은 물론 미미미였다. 자연스럽게 건네받은 투명한 주머니 속에 별처럼 생긴 초콜릿이 비쳐 보였다. 하얀색과 빨간색이 마블 무늬처럼 번져 있는 그 초콜릿은 얼핏 울퉁불퉁한 불가사리처럼 생겼다. 그러나 실제로 무엇을 본뜬 것인지 잘 모르겠다. 손수 만든 초콜릿이라는 느낌이 생생히 느껴졌다.

이런 걸 보통 친구 초콜릿이라고 하던가? 미미미는 남자들뿐만 아니라 여자들에게도 초콜릿을 나눠줬다. 이게 다양성이라는 건가?

"엉? 이게 뭐야?"

사납고 박력 있는 얼굴을 얻은 대신에 섬세한 감수성을 모조리 상실해버린 남자 나카무라가 이맛살을 찌푸리면서 툭 내뱉었다. 그러나 미미미는 압박감에 아랑곳하지 않고

"훗훗훗, 뭔지 모르겠나?" 하고 턱수염을 쓰다듬는 시늉을 하면서 대담하게 웃었다.

감을 잡지 못한 사람은 나와 나카무라뿐만이 아닌 듯했다. 히나미도 어리둥절해하며 초콜릿을 보고 있었다.

"……불가사리?"

"틀렸어!"

미미미가 즐거워하며 웃었다. 그런데 히나미가 이런 걸 못 맞추다니 약간 신기한 기분이다. 나와 동일한 생각을 했다는 것도 그런 기분을 부추기고 있다. 일부러 틀린 것인지, 아니면 순수하게 모르는 것인지는 판단할 수가 없지만, 어느 쪽이든 분명 히나미에게는 별문제가 아니겠지.

그러는 와중에 타마 짱은 웃으면서 그 초콜릿을 보고 있었다.

"고마워! 이게 그거지? 하니와."

그녀가 선뜻 말하자 미미미가 기뻐했다.

"정답! 역시 나의 타마!"

"이, 이게……?"

나는 의아해했다. 하니와란 모두가 함께 차고 다니는 수수께끼의 스트랩을 가리키는 거겠지. 듣고 보니 돌아 있는 다섯 부분이 각각 머리와 팔과 다리처럼 보이는 것 같기도 하다. 튀어나온 부분의 개수가 일치한다는 점은 비슷한지도 모르겠다.

그런데 주위를 둘러보니 의외로 미즈사와와 이즈미는

그 스트랩을 본떴음을 아는 눈치였다.

"이 모양, 참 어려웠겠네~."

이즈미가 여러모로 두둔해줬다. 금세 남을 배려하는 반사 신경이 대단하다.

"자, 난 이거!"

이즈미도 자연스럽게 모두에게 초콜릿을 나눠줬다. 모두들 고양이처럼 생긴 캐릭터가 그려진 작은 꾸러미를 건네받았다. 타케이는 그것을 받자마자 신나게 열었다.

"오오~! 맛있을 것 같은뎁쇼~!"

타케이가 들고 있는 봉투 안을 보니 검은 케이크풍의 촉촉한 초콜릿이 담겨 있었다.

"가토쇼콜라를 만들어봤어!"

과연, 이게 그 가토쇼콜라구나. 나는 그런 기초 상식을 익히며 이즈미에게서 초콜릿을 받고서 고맙다고 감사를 전했다.

뒤이어 히나미도 "그럼 나도~" 하고 말하며 웃으면서 종이 꾸러미를 꺼냈다.

"이거, 엄청 맛있을 것 같더라!"

그녀는 세련된 패키지에 포장된, 아마도 해외제로 추정되는 초콜릿을 꺼냈다. 그 패키지를 보고서 이즈미가 노골적으로 눈빛을 반짝였다.

"우와~! 이거 맛있대! 먹어보고 싶었던 거야!"

그녀가 흥분하며 맞장구를 쳤다. 모두들 수제 초콜릿을

나눠줬는데, 혼자서만 수제가 아니라서 의외였다. 뭐, 시간 효율을 중시하려는 생각이 아닐까? 이 선택은 히나미가 나름대로 궁리하여 내놓은 묘안일지도 모르겠다.

"나, 이거 좋아해!"

타마 짱도 긍정적으로 말했다. 역시 양과자점 딸답게 먹어본 적이 있는 듯하다. 뭐, 본격적으로 가업을 거들고 싶다고 했으니 맛있기로 소문이 자자한 초콜릿들을 잘 알겠지.

그런데 히나미가 어느 정도 유명한 기성품 초콜릿을 선물로 택했다는 사실에 나는 위화감이 살짝 들었다. 이번에는 그렇게 되지 않았지만, 하마터면 누군가와 겹쳤을 가능성도 있었다. 그녀가 그 가능성을 무릅썼다는 의미다.

어쨌든 히나미는 한 사람씩 그 초콜릿을 나눠줬다.

"자, 토모자키 군!"

그날 이후로 제2피복실에 나타나지 않고, 나와의 대화도 쭉 거부해온 히나미가 이 자리에서는 평상시처럼 내 이름을 부른다. 내가 히나미의 불성실함과 의도를 들춰낸 바람에 반년 넘게 둘이서 지속해온 관계에 커다란 금이 갔음에도 마치 그런 사실이 없었던 것처럼.

그 사건에 의미가 부여되는 것을 피하겠다는 의지가 엿보이는 투명한 말투였다.

나는 히나미가 어떤 기분으로 초콜릿을 나눠주고 있는지 알 수가 없었다.

"……아."

그녀가 건넨 초콜릿을 받으려다가 힘없이 탁자에 떨어뜨리고 말았다. 내가 놓친 그 초콜릿이 탁자에 툭 쓰러지고 말았다.

"미, 미안."

나는 사과하면서 초콜릿을 주우려고 손을 뻗었다. 그런데 동시에 손을 뻗으려던 히나미의 손가락과 닿고 말았다.

그녀의 손가락은 굉장히 차가워서 마치 피가 통하지 않는 기계 같았다. 그러나 손톱까지 정갈하게 다듬어진 그 손가락은 그 누구보다도 완벽한 사람임을 증명하는 듯했다. 그 부조화가 왠지 꺼림칙했다.

먼저 초콜릿을 주운 쪽은 히나미였다.

"괜찮아? 안 부서졌어?"

"……어."

히나미가 초콜릿을 다시 건네며 말했다. 대체 어떤 목소리로 대답해야 좋을지 알 수가 없었다. 나는 시선을 애써 돌리며 무뚝뚝하게 대꾸했다.

왜 LINE을 무시하고, 제2피복실에도 와주지 않는 거야? 내가 뜬금없이 이 자리에서 그 말을 내뱉으면 대체 어떻게 될까?

서글픈 상실감에 이상한 생각을 하고 말았다. 그러나 잠시 상상하다가 이내 그만뒀다.

왜냐면 나는 히나미의 삶의 방식을 부정하고 싶은 게 아니다. 부정하기는커녕 인생이라는 게임에 임하는 게이머로서 존경하고 있다.

그래서 히나미가 원하여 손에 넣은 결과를 존중하고 싶다.

"난 말이지, 짠~!"

귀여운 면모를 갈고 닦은 타마 짱의 명랑한 목소리에 내 머리가 현실로 되돌아왔다. 어두운 음지에서 끄집어내졌다. 이미 히나미의 시선은 내가 아닌 다른 곳을 향하고 있어서 결코 얽힐 일이 없었다.

"어머?! 타마의 초콜릿, 엄청 호화롭네?!"

"훗훗훗, 이래 뵈도 양과자점 딸이니까. 물론 수제 초콜릿이야."

"다시 말해 이건, 날 향한 진심 초콜릿이렸다!"

그리하여 내가 처음으로 맞이한 왁자지껄한 밸런타인데이는…… 어떤 의미에서 지금껏 겪어왔던 밸런타인데이 중에서도 가장 고독하게 시작되었다.

* * *

그리고 방과 후.

나는 키쿠치 양과 함께 하교했다. 지금은 키쿠치 양네에서 가장 가까운 역인 기타아사카 역 인근 공원의 벤치에 앉아 있다.

"아, 저기, 이거요!"

물론 그곳에서는 초콜릿 증정식이 진행되고 있었다. 키

쿠치 양이 파란 봉투를 나에게 건넸다.

"고, 고마워."

낮에 치렀던 초콜릿 교환회 때와는 달리 이 초콜릿은 '본심'임이 확정되어 있다. 그래서인지 왠지 마음이 들뜬다고 해야 할까, 묘하게 낯간지러웠다.

다른 '타인'보다도 마음의 거리가 가까운 키쿠치 양과 함께 지내는 이 시간은 소중한 것을 잃어버린 고독감을 달래주었다.

돌이켜보니 이렇게 무언가를 잃어버릴 때마다 늘 키쿠치 양에게서 위안을 얻었다.

"열심히, 만들어봤어요……."

그 말을 듣고서 나는 한 가지를 깨달았다.

"아……."

"왜, 왜 그래요?"

그렇다. 인생을 굳이 돌아볼 필요도 없는, 지극히 당연한 사실이긴 하지만.

"나, 여자애한테서 본심 초콜릿을 받은 거…… 난생처음이야."

"?!"

키쿠치 양이 몸을 바짝 움츠리며 나를 올려다봤다. 나는 키쿠치 양과 서로 신뢰할 수 있는 관계를 만들어나가기로 결심했다. 그래서 내가 시답잖은 말을 했는지도 모르겠다는 우려는 이제 하지 않는다. 틀림없이 부끄러워서 그럴

거라고 받아들일 수 있게 됐다. 나는 강해졌다.

"저, 저도!"

키쿠치 양이 그 초콜릿을 두 손으로 감싸고서 내 가슴팍으로 들이밀었다.

"초콜릿을 손수 만들어본 것도……, 진심을 담아서 누군가한테 준 것도, 모두 난생 처음이에……요!"

"?!"

이번에는 키쿠치 양의 그 말에 감동을 먹고서 나 역시 똑같은 반응을 보이고 말았다. 그러나 이 대목에서 몸을 움츠리고서 키쿠치 양을 올려다본다면 그것은 자학이 아니라 그야말로 징그럽게 보이겠지. 그래서 얼굴만 붉혔다. 정확히 말하자면 붉히지 않으려야 않을 수가 없는 상태였기에 그렇게 됐다.

"저기, 기쁘다고…… 표현해야 좋으려나……."

"저, 전…… 기뻐요. 후미야 군한테 첫 진심 초콜릿을 줄 수 있어서……."

"그, 그렇구나."

의미심장한 그 말에 내 얼굴이 더욱 화끈거렸다.

뭐라고 해야 좋을까, 내가 말해놓고도 '아주 가관이네' 하고 볼멘소리를 내뱉고 싶어질 만한 장면을 연출하고 말았다. 그러나 일부러 그런 게 아니니 용서해줬으면 좋겠다. 여태껏 꽁냥거리는 커플을 볼 때마다 마음속으로 투덜거렸던 응보를 지금 받고 있는 중이다.

"……열어봐도 돼?"

"응."

물색 리본에 묶인 하얀 꾸러미를 열었다. 보통 밸런타인데이라고 하면 빨간색이나 분홍색, 하트가 떠오르는데, 차가운 색인 물색을 택한 것이 키쿠치 양다웠다. 다른 초콜릿과는 달리 포근하고도 특별한 소속감을 선사해줘서 나는 왠지 기뻤다.

"우와! ……맛있겠다."

꾸러미 안에는 하얀 가루 같은 게 잔뜩 뿌려진, 키쿠치 양다운 초콜릿이 담겨 있었다. 손바닥만 한 꾸러미에 동그란 초콜릿이 5개 들어 있었다. 오직 나만을 위해서 공을 들여 만들었다고 생각하니 이 초콜릿과 이 시간이 더욱 사랑스럽게 느껴졌다.

"바로 먹어봐도 될까?"

"으, 응."

내가 묻자 키쿠치 양이 왠지 불안해하며 고개를 살짝 끄덕였다. 그 표정을 보고 나는 고개를 갸웃거렸다.

"그게…… 잘 됐는지 불안해서……."

키쿠치 양이 그런 말을 하는 사이에 나는 초콜릿 하나를 입에 덥석 넣어버렸다.

"와와?!"

놀란 키쿠치 양을 아랑곳하지 않고 초콜릿을 느긋하게 음미했다.

식감이 촉촉한 초콜릿을 씹으니 안에서 살짝 씁쓸한 크림이 나왔다. 달콤한 겉면과 조화를 이루었다. 표면에 뿌려진 가루는 설탕 가루인 모양이다. 씁쓸한 크림과 카카오의 그윽한 향기와 함께 뒤섞여서 콧구멍과 혀를 간지럽혔다.

"엄청 맛있어……."

"고, 고맙습니다……."

나는 빈말을 잘하지 못하는 성격인지라 이 말은 의심할 여지 없는 진심이다. 그보다도 키쿠치 양에게서 받은 시점에서 맛은 확정된 것이나 마찬가지이니 걱정일랑 하지 않았다고도 할 수 있겠다. 건빵을 줬더라도 맛있게 먹을 자신이 있다.

나는 초콜릿 하나를 다 음미하고서 꾸러미에 달린 끈을 다시 묶어서 봉했다.

"고마워. 나중에 천천히 먹을게."

기쁨을 표현하기 위해서라도 이 자리에서 다 먹어버려야 좋으려나……? 그런 생각이 순간 스쳤지만, 어지간한 먹보가 아닌 한 즉석에서 초콜릿을 5개나 먹어치우는 건 무섭게 비칠 것 같다는 올바른 판단이 섰다. 그래서 나는 가방을 열어 키쿠치 양이 준 초콜릿을 넣고서 홱 일어섰다.

애당초 내키지도 않는데 그저 상대를 기쁘게 해주기 위해서 행동하는 건…… 그것이야말로 허울뿐인 처세에 불과할 테니까.

"집 앞까지 바래다줄게."

"아, 예!"

그런데 일어나고 나서 키쿠치 양이 약간 아래를 내려다보고 있음을 깨달았다.

그녀가 내 가방을 쳐다보고 있어서 나는 고개를 갸웃거렸다. 아까 가방을 열었을 때 뭔가 이상한 물건이라도 봤던 걸까……, 그러다가 문득 알아차렸다.

"어~음, 미안, 신경 쓰여? ……초콜릿 때문에 그런 거지? 딴 사람이 준."

그렇다. 지금 내 가방에는 점심시간 때 모두가 준 초콜릿들이 들어 있다.

사귀고 나서 안 사실인데, 키쿠치 양은 내가 다른 교우들……, 주로 이성과 사이좋게 지내는 것을 생각보다 더욱 불안하게 여기는 듯하다. 그러나 키쿠치 양은 내가 세계를 넓혀나가는 것을 방해하고 싶지 않다고 누차 말해왔다. 지금껏 그녀가 감정과 이성 사이에서 흔들리는 모습을 여러 번 봤다.

"미, 미안해요……."

키쿠치 양은 긍정하지도, 부정하지도 않은 채 사과만 했다. 감정으로는 긍정하고 싶지만, 이성으로는 부정하고 싶겠지. 해결하기 어려운 모순이지만, 그런 속내를 금세 짐작할 수 있을 만큼 우리의 관계는 진전했다.

"미안해. 으음, 받는 건 어쩔 수 없다고 쳐도 하다못해 보이지 않도록 주의를 기울일걸 그랬어."

개인주의를 관철하면서도 그녀를 안심시키는 타협안에 가까운 말이었다.

키쿠치 양이 조금 망설이다가 나를 올려다보며 입을 열었다.

"으으응. ……괜찮아요."

그녀는 고개를 숙이고서 살며시 내 옆에 섰다.

"!"

동시에 내 손바닥에 부드러운 감촉이 느껴졌다. 두 사람의 손과 손 사이는 아직 쌀쌀한 2월의 찬 기운이 끼어들 수도 없이 가까워졌다. 서로의 체온이 달라붙은 살갗을 타고서 전해졌다.

"이래도 되는 사람은 저뿐인 거 맞죠……?"

그 말 역시 정말이지 마법 같았다.

"……그렇지. 이건, 오직 키쿠치 양만 가능해."

나 역시 수긍하고서 그녀의 손을 쥐었다.

상황 자체는 달라지지 않았지만, 그저 다른 각도로 받아들인 덕분에 눈에 비치는 세상이 확 바뀌었다.

이것은 키쿠치 양에게서—— 그리고 또 다른 한 사람에게서 배운 소중한 교훈이다.

관계나 삶의 방식을 특별하게 바꾸려면 분명 이 마법이 필요하겠지.

왜냐면 그 말과 행동 하나만으로 나와, 아마도 키쿠치 양의 마음이 한가득 채워졌을 테니까.

"……."

그러나 이 순간 내 머릿속에서는 오늘 히나미가 보여준 표정과 차가웠던 그 손가락이 떠올랐다.

그 녀석은 내 인생을 이용하여 자신이 옳다는 것을 증명하려고 했다.

그뿐만 아니라 나라는 인간의 캐릭터를 바꿨고, 컨트롤러도 갈아 끼웠다.

그 이론을 재현할 수 있다는 것도 증명하려고 했다.

그런데도…… 그 녀석은 아직도 두껍고도 차가운 가면을 뒤집어쓴 채 처세라는 이름의 논리를 쌓아나가면서 증명 작업을 계속하고 있다.

그 말인즉슨 그 녀석의 텅 빈 무언가가, 잃어버린 무언가가.

히나미 본인과 나를 이용하여 증명 작업을 벌였음에도 채워지지 않았다는 뜻이다.

그녀는 반에서 원하는 포지션을 손에 넣었고, 모두에게 존경을 받고 있고, 호감도 누리고 있다.

그리고 내 외모, 말투, 사람을 대하는 법까지 모조리 바꿔 보였다.

……키쿠치 양 같은, 나를 진정 이해해주는 이상적인 여친까지 사귈 수 있도록 도와줬다.

그런데도 히나미의 마음이 아직도 채워지지 않았다면.

도대체 무엇을 쌓아야만 그 녀석의 '올바름'은 충족되는 걸까?

"……토모자키 군, 왜 그래요?"

"으으응. ……아무것도 아냐."

그리하여 우리는 말할 수 없는 기분을 남긴 채로, 그래도 손은 맞잡은 채로 키쿠치 양이네 집으로 걷기 시작했다.

＊ ＊ ＊

"그 후에…… 괜찮았나요?"

늘 지나는 다리에 접어들었을 때 키쿠치 양이 발걸음을 늦추며 말했다.

"그 후에, 라니?"

그 물음이 무엇을 의미하는지 반쯤 짐작했으면서도 그 사실을 말로 전하는 게 무서워서 무심코 되물었다.

"으음…… 히나미 씨랑 아무 일도 없었나 해서……."

나에게서 띄엄띄엄 들었던 이야기와 아르시아의 이야기를 지어낼 때 보여준 통찰력. 그것만으로 히나미의 동기의 핵에 가까이 접근한 키쿠치 양.

그것은 내가 진실을 알아차리는 데 커다란 힌트가 되기도 했지만, 동시에 돌이킬 수 없는 진실을 저 밑바닥에서 퍼 올린 계기가 되기도 했다.

"……그게."

그래서 나는 망설이고 말았다.

내가 히나미에게 들이댄 그 녀석의 의도는 어떤 의미에서 굉장히 그로테스크하다. 그러나 어떤 의미에서는 더할 나위 없이 절실하다.

「순혼혈과 아이스크림」 속 자신의 피를 갖지 못한 소녀 아르시아가 스스로를 긍정하기 위해서 이해하기 쉬운 가치를 추구했던 것과 마찬가지로.

내가 나로서 존재하기 위한 버팀목을 갈망하는, 고독한 갈등 그 자체였으니까.

“키쿠치 양의 말이 맞았, 어.”

내가 해야 할 말은 이것뿐이라고 생각했다.

“히나미는…… 아르시아였어.”

이 말만으로 대부분의 의미를 이해했겠지. 그리고 이해하지 못한 부분은 히나미 아오이라는 인간의 사적인 부분이니 굳이 모든 것을 알 필요는 없다. 나는 그렇게 생각했다.

“……그랬군요.”

키쿠치 양이 눈을 내리깔면서 입술을 깨물었다.

“그럼 히나미 씨는 아직도, 줄곧, 싸우고 있겠네요…….”

“싸우고 있다……. 응, 그렇겠네.”

그것은 히나미를 표현하는 데 묘하게 잘 맞아떨어지는 단어였다.

진심이 담기지 않은 말을 늘어놓고, 타인과의 관계를 그저 도구처럼 다룬다.

전혀 이어지지 않은 마음과 마음을 그 상대에게만은 이

어진 것처럼 보이도록 꾸민다.

그럼으로써 얻을 수 있는 것은 돌이킬 수 없는 고독일 텐데도 그럼에도 올바름만을 추려내어 버팀목으로 삼고 있다.

그것을 싸움이라고 부르지 않는다면 뭐라고 불러야 좋을까.

"오늘도 줄곧…… 싸우고 있었어."

같은 이야기를 공유하는 우리가 아는 아르시아의 삶의 방식.

「내가 모르는 하늘을 나는 법」

「순혼혈과 아이스크림」

두 이야기에 등장하는 아르시아는 각각 태생이나 자라온 환경이 다르지만, 자신의 소망을 갖지 못한 채 그저 이 세상에서 가치가 있다고 여겨지는 것을 손에 넣어서 스스로의 가치를 담보하고 있다는 점이 공통점이다.

아르시아는 우수하고 총명하고 아름답다.

그러나 자신이 진정 좋아한다고 여길 수 있는 핵심이나 자신의 종족, 삶의 방식을 결정짓는 피가 없다는 사실에 괴로워하고, 발버둥 치고, 싸우고 있었다.

줄곧…… 혼자서.

"저기…… 후미야 군."

"……응?"

그리고 나와 키쿠치 양은 공유하고 있는 이야기가 하나 더 있다.

"히나미 씨가…… 후미야 군한테 인생이라는 게임의 공략법을 아직도 가르치고 있나요?"

그렇다.

나와 히나미 아오이가 빚어낸 인생 공략 이야기 말이다.

"……글쎄."

나는 그 물음에 답을 할 수가 없었다.

히나미의 모든 행동에는 의미가 있을 터. 그러나 그녀는 아무런 이득도 없음에도 나에게 인생 공략법을 계속 가르쳐줬다. 그 모순을 키쿠치 양에게 들려주고, 생각하고, 그리고 도출해낸 진실을 그 녀석에게 털어놓은 뒤로. 그것이 답이 맞는다는 것을 확인한 뒤로.

나는 여태껏 단 한 번도 **히나미**와 대화를 나누지 못했다.

"어쩌면, 끝나버렸는지도 모르겠어."

"……어?"

내가 말하자 키쿠치 양의 안색이 바뀌었다.

"어, 어째서……. 후미야 군한테 소중한 관계, 였잖아요?"

"……그렇긴 하지만."

"미안해요, 제가 쓸데없는 소리를……."

"아니, 아냐."

키쿠치 양이 자책하려고 하자 말을 끊었다. 그러나 그저 키쿠치 양을 배려하기 위해서만이 아니다.

"언젠가는, 꼭 확인해야만 하는 일이었어."

나도, 그것을 바라고 있었다.

줄곧 의문을 품어왔다.

"관계를 지속하기 위해서, 언젠가…… 발을 내딛어야만 했어."

나는 개인주의자이긴 하지만.

그럼에도 히나미의 영역만은, 개인이라는 범주에서 벗어나 그 경계선 안으로 발을 내딛고 싶었다.

분명 키쿠치 양이 해준 말 때문이 아니라 마음속에서 줄곧 흔들리고 있던 감정에서 비롯된 거겠지.

"토모자키 군은, 히나미 씨의 세계를…… 바꾸고 싶은 거네요."

그녀가 왠지 쓸쓸해 하며 말했다. 내가 제2피복실에서 키쿠치 양에게 밝혔던 심정이었다.

결국 키쿠치 양도 내가 떠안고 있는 벽을 아직 뛰어넘지 못했다. 서로가 서로를 책임질 수 있는 관계를 목표로 삼고서 앞으로 한창 나아가고 있는 중이다.

그러나 나에게 히나미는 그렇지 않음을 키쿠치 양은 알고 있었다.

"……응. ……하지만."

키쿠치 양이 올곧은 눈으로 묻자 나는 히나미의 진짜 의도를 다시금 떠올렸다.

그리고 요 며칠 동안 히나미와 나눴던 대화를 돌이켜봤다.
"나는 정말로, 그러길 바라는 걸까……."
내 마음속에 망설임이 하나 생겨났다.
"……그 말은."
점점 내 속내를 모르겠다.
"난 그 녀석한테 생각을 모두 털어놨고…… 그랬더니 히나미는 부정하지 않았지. '역시 화났지?' 하고 말하고서 슬픈 표정으로 밖으로 나갔어."
벌써 2주나 지난 사건이다. 그러나 그때 들었던 차갑고도 쓸쓸한 목소리가 귓속에 선명히 남아 있다.
"LINE을 보내 봐도 답장이 없고, 다 함께 있을 때 히나미는 마치 아무 일도 없었던 것처럼 날 대하고 있고……."
어쩌면 실은 그 사실이 서글펐는지도 모른다.

"난 지금, 거절당한 거야."

표현이 조금 강했는지도 모르겠다. 그러나 사실, 내 마음은 그렇게 느끼고 있었다.
"그런……가요?"
키쿠치 양이 줄곧 그렁그렁한 눈동자로 나를 쳐다봤다.
그때 내 머릿속에서 여름방학 때의 일이 떠올랐다.
돌이켜보니 그때도 히나미에게 거절당했다.
그리고 키쿠치 양의 말에 용기를 얻고서 다시금 히나미

를 만나러 갔다.

"미안, 또 약한 소리를 내뱉었네. ……조금만 더 생각하고서 답을 내놓을게."

나는 그 고민을 또다시, 이번에는 연인에게 짊어지게 하고 싶지 않았다. 이 문제는 스스로 감당하기로 결심했다.

"……알겠어요."

키쿠치 양이 쓸쓸해하면서 왠지 체념한 듯이 고개를 끄덕였다.

"어떤 답을 내놓든…… 전 토모자키 군을 응원하고 있어요."

"응……, 고마워."

나는 해야 할 말을 모조리 털어놓은 상태에서 키쿠치 양의 손을 잡고 있다.

내 안에서 히나미 아오이가 특별한 존재임을 부정할 수는 없지만.

내가 이성으로서 좋아하는 사람은, 내 연인은, 수많은 시간을 함께 보내고 싶은 사람은 바로 키쿠치 양이니까.

서로의 마음을 확인하고 나서 얼마 지나지 않아…… 예상치도 못한 소식이 날아들었다.

* * *

"히나미의 생일?"
이튿날 방과 후.
초콜릿 교환회 멤버들 중 히나미를 제외한 7명이 모여 있는 자리에서 미미미가 나에게 뜻밖의 소리를 했다.
"그래, 그래! 축하해주는 거야~!"
"좋은 생각인뎁쇼?!"
미미미와 타케이가 주먹을 높이 쳐들면서 말하자 모두들 고개를 끄덕였다. 돌아오는 3월 19일이 히나미의 생일이라서 축하해주자는 분위기가 고조됐다. 참고로 그 당사자가 오늘 학생회 활동으로 자리를 비운 틈에 이렇게 의논을 나누고 있다.
"히나미 생일이 다음 달이었구나."
"그러게. 아니, 후미야는 몰랐던 거야? 조~금 의외."
"의외라니……."
미즈사와가 여러 의미를 담아서 말하자 조금 당황했다.
애당초 히나미와 생일 이야기를 한 적이 없고, 설령 서로 알고 있더라도 당일에 학교에서 형식적으로 축하는 할지도 모르겠지만, 사적으로 메시지를 보낼 만한 관계는 아니지.
"그게 말이야."
어떻게 대답해야 좋을지 망설이다가 나는 솔직히 말하기로 했다.
"나도 모르고, 히나미도 내 생일이 언젠지 모를걸……."

그러자 이즈미가 놀라워하며 눈이 휘둥그레졌다.

"우와~! 아오이는 거의 모든 동급생의 생일을 챙겨주는 줄 알았는데!"

"아니, 무슨 이미지야……. 천하의 히나미이니 꼭 아니라고 단언할 수는 없긴 하네……."

"아하하. 그러네!"

동급생 중 누군가의 생일을 챙겨주지 않았다는 사실만으로도 모두가 의외라고 여기는 히나미 아오이. 상식으로 따져보더라도 평범하다고 할 수는 없겠지. 그래도 아무것도 모르는 사람일지라도 '엄청 착실한 사람이네'라고 여길 테고, 성격을 조금 아는 사람이라면 '남들의 호감을 사려고 엄청 계산적이네' 하고 야유하는 게 고작이겠지.

그 행동 하나하나가 모두 '증명'이었음을 깨닫게 된다면 모두들 지금껏 그녀와 보내온 시간을 어떻게 생각할까.

"그래서 이 소녀, 나나미 미나미는 하고 싶은 게 하나 있답니다!"

"하고 싶은 거?"

내가 되묻자 미미미가 신나는 목소리로 선언했다.

"바로―― 서프라이즈 파티!"

"호오……."

서프라이즈 파티. 너무나도 '양(陽)' 속성이 강렬한 그 단어에 현기증이 살짝 났다. 그러나 본능적으로 그 단어에 무언가 가능성이 숨겨져 있을 것 같은 느낌도 들었다.

그때 이즈미가 눈빛을 반짝이며 맞장구를 쳤다.

"그거, 엄청 좋네! 그렇다면! 나도 한 가지 제안!"

"제안?"

미미미가 되물었다.

"다 함께 숙박 여행이나 가지 않을래?!"

"오오!"

"최고인뎁쇼?!"

미미미에 이이서 재미난 일은 덮어놓고 찬성하는 타케이가 목소리를 높였다. 타케이라는 생물은 숙박, 햄버그, 투구벌레 같은 단어에 무조건 반응하므로 회유하기가 실로 간단하다.

그러나 리얼리스트인 미즈사와가 조금 난색을 표했다.

"마음은 알겠는데…… 이제 수험날까지 1년쯤 남았지? 그럴 만한 여유가 있어?"

"으, 뭐, 그렇긴 하지만……."

이즈미가 주저했다.

지금은 2학년 3학기. 이제 반 학생들도, 선생님들도 수험 분위기에 완전히 접어들었다.

"이 시기에는 어려울 것 같아서 기념으로 여름방학 때 합숙을 했던 거지."

그 말을 듣고 낙담한 이즈미가 몇 초 뒤에 고개를 서서히 들었다.

"근데 말이야. ……나, 모두한테 보답을 못 했어."

"보답?"

미즈사와가 되묻자 이즈미가 고개를 끄덕였다.

"여름방학 때 그 합숙, 엄청 즐거웠잖아? 근데 그보다도 말이야. 모두가 날 위해서 계획을 세워준 게 기뻤던지라……."

아무런 꿍꿍이도 담겨 있지 않은 그 순수한 발언에 분위기가 서서히 온건하게 바뀌어갔다. 그녀 옆에서 나카무라도 내켜 하지 않으면서도 고개를 살짝 끄덕였다.

"그땐 모두한테 받기만 했잖아! 나도 누군가한테 기쁨을 선사해주고 싶어서……."

"뭐, 그 뜻은 알겠지만……."

감정 어린 말을 듣고서 미즈사와도 망설였다. 어떤 의미에서 '분위기 조작'이라고 할 수 있는 행위를 천연덕스럽게 해내다니 이즈미는 대단하다. 계산하여 처세하는 게 아니라 진심과 감정으로 사람을 움직이는 '캐릭터'적인 삶의 방식이다. 분명 그 녀석과는 정반대다.

참고로 이 자리에는 그 합숙에 참가하지 않았던 타마 짱도 있다. 그러나 언짢아하는 기색을 전혀 보이지 않았다. 역시 심지가 단단한 여자다.

바로 그때.

"뭐── 괜찮겠지. 하루나 이틀쯤은."

나카무라가 그 누구의 눈치도 보지 않고 강한 어조로 딱 잘라 말했다.

"이 안에서 그 녀석한테 신세를 져본 적 없는 녀석은 없지?"

그저 자신의 의견을 말했을 뿐인데 '아무도 이의 없지?' 하고 말하는 것 같은 박력이 느껴진다. 강하다.

실제로 아무도 이의를 제기하지 않았다.

"하하하. 확실히 그럴지도."

백기를 든 것처럼, 그러나 내심 그렇게 되길 바랐던 것처럼 미즈사와가 말했다.

"응. 나도 그렇게 생각해."

지금껏 말수가 적었던 타마 짱이 솔선하여 자기 의견을 똑바로 밝혔다. 그런 면이 역시나 타마 짱답다.

그렇게 의견들이 하나로 모여가는 와중에 미미미가 예상치 못한 발언을 했다.

"맞아! ……왠지 말이야. 요즘에 아오이, 기운이 없는 것처럼 보이니까 이 기회에 기운을 팍팍 북돋아 주자!"

"어?"

나는 그 말을 듣고 깜짝 놀랐다.

그뿐만이 아니었다.

"아, 나도 그렇게 생각했어! 좀 지친 것 같더라. 아오이, 요즘 바쁜가?"

"그렇지. 뭐~, 그 녀석한테도 여러 사정이 있겠지만."

이즈미와 미즈사와도 동감했다. 멤버들도 잇달아 동의했다.

"……히나미가, 기운이 없다고?"

나는 무심코 되물었다. 그러나 히나미가 기운이 없다는 말이 와닿지 않아서가 아니다.

오히려 요즘 내 눈에도 히나미의 상태가 조금 이상하구나 싶었다. 미미미의 하니와도 알아보지 못하기도 했고, 수제 초콜릿이 아니라 기성품을 사온 것도 그렇다. 해석할 여지가 있긴 하지만, 나도 그 이변을 포착했다.

그러나 히나미와 그 일을 겪고서 그녀를 바라보는 내 시선이 일방적으로 바뀌었기에 생긴 착각인 줄 알았다.

그 사실을, 나 말고도 다른 사람들도 알아차렸다.

"브레인은 몰랐던 건가요?! 마음이 좀 딴 곳에 가 있는 것 같기도 하고, 왠지 허술해진 것 같기도 하고……."

"응. 알아. 요전에도……."

그런 느낌으로 모두들 잇달아 히나미에 관해 이야기를 나눴다. 대화 속에 생각지도 못한 내용이 담겨 있어서 나는 그 광경에 눈길을 빼앗기고 말았다.

모두가 알아차린 그 위화감은, 아마도 히나미가 의도적으로 보여주고 있는 게 아니다.

분명 가면 안에 있는 진짜 모습이다.

"그 녀석, 문제가 생겨도 우리와 좀처럼 의논하질 않으니까."

"더 의지해줬으면 좋겠는데 말이야아?!"

어째서인지…… 나는 그 사실이 묘하게 눈부셨다.

"우리가 아오이한테 무언가 보답할 수 있는 기회는 생일밖에 없는걸!"

미미미도 고개를 연신 끄덕였다.

"자! 다 함께 선물이나 고를까?"

이즈미가 들뜬 목소리로 말하자 미즈사와도 환한 표정으로 동의했다.

"괜찮네. 근데 다 함께 선물을 딱 하나만 사는 건 허전한 기분이 드는데."

히나미를 기쁘게 해주기 위한 아이디어들이 속속 튀어나왔다.

"각자 하나씩 주는 것도 좀 많긴 한데."

"그럼 3개 정도 준비하는 건 어떨까?"

나카무라의 말에 타마 짱이 반응했다. 지금껏 전혀 죽이 맞지 않았던 두 사람이 같은 목적을 위해서 의논을 나누고 있다. 저마다 스스로의 의지로 히나미를 염려하며 기운을 북돋아 주고자 애쓰고 있다.

바로 그때 미미미가 머리 위로 전구를 짠 밝히면서 입을 열었다.

"그럼 말이야! 팀을 셋으로 나눠서 서프라이즈 선물을 준비하는 건 어떨까?!"

"아, 좋은 생각 같은데. 대항전 같은 느낌도 들고."

미즈사와가 의도를 재빨리 이해하고서 맞장구를 쳤다.

"대항전?! 그거, 무지 불타오르는뎁쇼?!"

대항전, 카레빵, 곱빼기 무료 같은 단어에 자동으로 반응하는 습성을 지닌 타케이도 목소리를 높였다.

"그거, 좋은 생각이야! 어느 팀이 아오이를 가장 기쁘게 해줄 수 있는지 겨루는 거지?!"

이즈미도 천진난만하게 들뜨며 말했다.

"그럴듯한데."

그리고 미즈사와가 웃고서 이 이야기를 하나의 단어로 정리했다.

"즉…… 히나미 아오이 · 기쁨 주기 선수권이라고 할 수 있겠네."

"오오~!"

모두들 그 말에 들끓었다.

나는 모두의 모습을 멍하니 바라보고 있었다.

뭐라고 해야 좋을까. 내가 너무 어렵게 생각하고 있던 게 아닐까, 하는 생각이 들어서였다.

히나미의 속마음을 깨달은 뒤 타인과의 관계를 이용하여 스스로를 증명하는 것밖에 할 줄 모르는 히나미에게서 의문과 위화감이 들었다. 그리고 애처롭다고 느끼기 시작했다. 왜 그렇게 된 걸까? 어떻게 해야 그만두게 할 수 있을까. 그런 생각만 했었다.

그러나 지금 멤버들은 오직 '히나미 아오이를 어떻게 기쁘게 해줄까'만 생각하고 있다.

그뿐이었다.

"……하하."

웃음이 새어 나왔다. 나는 어느새 이 분위기에 삼켜졌다.

"듣고 보니, 맞는 말이야."

정신을 차려보니 수긍하고 있었다.

분위기란 그 자리에서 성립하는 선악의 기준, 이라고 히나미가 말했었다.

그 정의로 말하자면 나는 지금 그저 휩쓸리고 있는 것뿐인지도 모른다. ……하지만.

"해보자. 히나미를 기쁘게 해주기 위해서. ……버스데이 파티."

나는 마지막으로 종지부를 찍듯이 모두에게 말했다. 묘하게 힘이 실려 있는 목소리와 표정에 모두들 살짝 의아해하며 나를 봤다.

그래서 나는 히나미에게 받은 스킬을 사용했다. 표정과 음색을 이용했다.

"나, 하고 싶어. 그 녀석을 기쁘게 해주기 위해서."

자신감을 갖고서 단언했다.

그야, 히나미의 진의를 모르는 친구이니 히나미를 기쁘게 해줄 생각을 하는 게 어떤 의미에서는 당연하다고도 할 수 있다.

그러나 그런 심플한 호의야말로. 진실 따윈 아랑곳하지

않고 냅다 질러가는 어리석음이야말로.

그 녀석을 위하려는 입장에서 중요한 부분인지도 모르겠다.

나는 그것을 잊고 있었다.

"왜 그래? 후미야."

내가 어지간히도 이상한 표정을 짓고 있었는지, 아니면 미즈사와의 감이 예리한 건지 그가 내 귀에만 들리도록 물었다. 나는 그쪽으로 고개를 돌렸다.

"……나 말이야. 히나미를 나름 생각하고 있다고 여겼는데 그게 아니었는지도 모르겠어."

미즈사와가 흐~음, 하는 소리를 흘리면서 눈썹을 치올렸다. 그러고는 속내를 훤히 드러내듯 씨익 웃었다.

"무릇 인간이란 소중한 것 앞에서는 냉정해지기가 어려운 법이니까."

미즈사와가 대범하게 말했다. 그 표정이 든든하면서도 밉살스럽게 보였다. 그러나 어째서인지 왠지 평소와 달리 호전적으로도 보였다.

내가 하고 싶은 것 중 하나는…… 히나미 아오이에게 인생의 즐거움을 알려주는 것이다.

그렇다면 나는 히나미의 가면 속을 알아내려고, 파헤치려고 애쓰기보다도.

우선은…… 지금 어떻게 해야 그 녀석을 기쁘게 해줄 수 있을지 진심으로 임해보도록 하자.

그것은 지금 내가 떠안고 있는 이 혼란스러움을 해결할 수 있는 실마리가 될지도 모른다.

"좋았어~! 그럼 아오이한테서 웃음을 이끌어내자~!"

미미미가 그렇게 말하며 주먹을 쳐들자 7명 모두 마찬가지로 주먹을 쳐들었다.

2 정반대 속성을 가진 캐릭터가 파티에 있으면 새로운 필살기를 쓸 수 있게 되기도 한다

이튿날 쉬는 시간.

교실에서 다음 수업을 준비하면서 카시와자키 씨 및 동급생들과 수다를 떨고 있는 히나미를 이즈미가 바짝 몸이 굳어서는 지그시 쳐다보고 있었다. 그리고 우리 6명은 그런 이즈미를 지켜보고 있었다.

"아오이~!"

이즈미가 조금 긴장하며 히나미 곁으로 다가가자 우리는 담소를 나누는 척하면서 응원했다.

히나미 아오이의 버스데이 파티. 그것을 성공시키기 위한 대전제는 히나미를 숙박 여행에 데려가야만 한다는 것이다. 그러나 미즈사와도 말했다시피 지금은 시기가 시기이고, 수험도 얼마 남지 않았다. 뭐, 히나미는 가면을 뒤집어쓰고 있으니 무자비하게 딱 잘라 거절하지는 않겠지만, 대안을 제시하면서 은근히 거절할 가능성이 충분히 있다.

그럼 누가 히나미를 꼬셔야 좋을까……, 그 이야기가 나왔을 때 우선은 설득에 능할 것 같은 미즈사와에게 맡겨야 한다는 의견이 나왔다. 그러나 히나미가 상대인지라…….

'아니, 미즈사와의 그 능글맞은 면이 화근이 될 것 같으니 이즈미가 권유하는 게 낫지 않을까?'

'오호? 후미야도 할 말을 다 할 줄 아네?'

그래서 보답하고 싶다는 동기가 있는 순수한 이즈미에게 부탁했다……. 지금 그녀는 긴장하면서 히나미를 설득하고 있다.

"――그래서 얘기가 나왔는데 어때?!"

참고로 숙박 여행 일정이 생일과 겹쳐 있으니 겸사겸사 생일을 축하하고 싶다는 이야기 자체는 굳이 숨기지 않기로 작전 방침을 세웠다. 그러나 어떤 방식으로 축하를 할지, 세 팀으로 나뉘어 히나미를 기쁘게 해주기 위해 궁리하고 있다는 사실은 비밀로 했다. 당일에 깜짝 놀래서 기쁘게 해주자는 작전이다.

"으음……."

당초 예상한 대로 히나미가 왠지 내키지 않는 표정을 지었다. 참고로 우리는 교실 구석에서 담소를 나누는 척하면서 두 사람의 모습을 힐끗 엿보고 있다. 그러나 히나미는 그 시선들을 틀림없이 감지했겠지.

"근데 날 위해서 모두의 귀중한 시간을 쓰는 건……."

정말로 그게 이유인지는 모르겠지만 히나미가 일단 사양했다.

그러나 물론 이즈미는 물러서지 않는다.

"우리가 축하해주고 싶어서 그래! 그러니까 부탁이야!"

"어머, 왜 내가 부탁을 받는 처지가 된 거람……."

이즈미가 두 손을 모아 고개를 숙이자 히나미가 당혹스러워했다. 축하를 해주는 쪽이 도리어 고개를 숙이며 함께 해달라고 애원하다니 상황이 조금 묘해졌다. 그러나 그런 점이 이즈미스럽다고 할 수 있겠지. 어차피 이즈미에게 논리는 통하지 않는다.

"아오이한테 늘 받기만 했으니까……."

"우……."

이즈미가 너무나도 순수하게 감정론을 내세우자 논리로 단단히 무장한 히나미의 사양도 통하지 않았다.

그렇게 몇 차례 입씨름을 거듭한 끝에…….

"아, 알겠어! 그렇게까지 간청하니 축하를 받도록 할게! ……나 대체 지금 뭐라고 한 거니?"

히나미가 능청스럽게 말했다.

"우와~, 고마워! 그럼 기대하고 있어! 아, 장소나 일정은 이따가 알려줄게. 근데 상세한 계획은 비밀이야! 서프라이즈!"

그녀가 윙크를 하면서 익살스럽게 말했다. 서프라이즈라고 했으니 더는 서프라이즈가 아니잖아……, 라는 생각이 들었지만 자질구레한 문제는 됐다. 여하튼 히나미를 권유하는 데 성공했으니 대승리다.

이즈미가 이쪽으로 총총총 합류했다. 우리가 '장하다!'고 칭찬하는 분위기로 그녀를 맞이하자 히나미가 어이없이 웃으면서 쳐다봤다.

장난치는 데 성공하여 기뻐하는 어린애를 어처구니없다는 표정으로 바라보는 부모처럼. 틈이 느껴지는 그 표정조차도 그저 증명의 일부에 불과하겠지만, 지금은 아무래도 상관없다.

이 여행을 통해 결국에 진정한 웃음을 이끌어낼 수 있다면 그것으로 족하다.

* * *

그리하여 히나미를 제외한 여행 멤버들은 방과 후에 패밀리 레스토랑에 모였다. 참고로 오늘은 당당하게 '서프라이즈를 준비할 거야!'라는 이유로 히나미에게 오지 말라고 했다. 이렇게 해뒀으니 서프라이즈가 잘 될 것 같다.

"좋았어~! 팀을 이렇게 나눠봤어!"

미미미가 펜으로 수첩에 적은 일람을 보여주면 말했다. 군데군데마다 이상하게 생긴 어벙한 캐릭터가 그려져 있다. 그러나 형식 자체는 알아보기가 쉬웠다. 역시나 선거를 치른 미미미답다. 그 공약을 내세웠던 시절과 비교하여 몰라보게 바뀌었다.

히나미를 기쁘게 해주기 위해 세 팀이 경쟁하는 대항전. 팀은 무난하게 늘 뭉치는 미미미 · 타마 짱, 커플인 나카무라 · 이즈미, 그리고 최근에 부쩍 친해진 나 · 미즈사와로 각각 나뉘는 것으로 이야기가 진행됐다.

"응, 좋은 느낌인 것 같아!"
타마 짱이 수긍했다.
"잠깐, 잠깐! 내가 남았는뎁쇼?!"
"아, 깜빡했다."
"너무하지 않나요오?!"
드디어 이 그룹의 신입인 타마 짱마저도 타케이를 골려대기 시작했다. 걱정하지 마라, 타케이. 앞으로도 가차 없이 공격해도 좋아, 타마 짱.
"……헤헤."
그런데 자세히 보니 타마 짱에게 놀림을 받고서 타케이가 엄청 실실거리고 있다. 잠깐만, 맞다. 요전에 타케이가 타마 짱이 이상형이라고 했었지. 전언철회, 타마 짱, 도망쳐.
"으음, 그럼…… 타케이는 끼고 싶은 팀이 있어?"
내가 일단 물어보니 타케이가 욕망에 이끌리는 대로 말했다.
"타마 팀에 들어가고 싶은데요오!"
"OK, 그럼 타케이는 우리 팀으로."
"에엥~?!"
그런 느낌으로 나는 타마 짱을 타케이의 마수로부터 지켜냈다. 그러자 미미미가 나를 향해 엄지를 척 세웠다. 과연, 타마 짱을 지키는 모임의 일원으로서 이해가 일치한 모양이다.
"그건 상관없는데 말이야. 후미야, 키쿠치 양은 그냥 놔

둬도 괜찮겠어?”

“아~…….”

미즈사와가 지적하자 나는 말끝을 흐렸다.

실은 나도 그 부분이 마음에 조금 걸렸다.

“아마도, 걱정하겠지…….”

나는 키쿠치 양과 의논하여 서로의 행동을 제한하지 않기로 정했다. 키쿠치 양도 내가 ‘포포루’로 있어주길 바란다고 했었다. 나 역시 내가 포포루……, 다시 말해 스스로 변화하여 세계를 확장해나가는 존재로서 살아가는 것이 중요하다.

그러나 키쿠치 양은 남이 준 밸런타인 초콜릿을 보기만 했는데도 왠지 불안해했다. 남녀 단체라고는 해도 남친이 여성들과 함께 숙박 여행을 가는 것이 달갑지 않겠지.

더욱이 히나미도 그 여행에 함께 한다.

“만약에 가고 싶어 한다면 함께 하고 싶은 마음은 있는데…….”

“그런데?”

미미미가 뒷말을 재촉했다.

나는 조금 망설이면서 자신이 여행 중에 키쿠치 양과 함께 있는 모습을 상상했다.

“커플이 이런 여행에 끼는 건 눈치가 없지 않을까……?”

그런 걱정을 입에 담자 대각선에서 무언가 기척이 느껴졌다. 시선을 돌리니 이즈미가 서글픈 표정으로 이쪽을 보고 있었다. ……아.

"토모자키, 그런 식으로 생각했던 거야……?"

이즈미가 나카무라 쪽을 힐끗 보면서 굉장히 미안해하고 있다. 아뿔싸, 이거 완전히 말실수를 했다.

"아, 아냐! 그게 아니고! 저기, 키쿠치 양은 평소에 이 그룹 멤버들과 잘 어울리질 않잖아, 그래서 뭐라고 해야 좋을는지……."

"……응."

"이즈미 커플을 평소에 그런 식으로 생각해본 적은 없어, 정말이야!"

내가 당황한 나머지 어설프게 변명하고 있으니…….

"우리도, 딱히 신경 안 써."

나카무라가 낮은 목소리로 단언했다.

"키쿠치가 여행에 참가하더라도 딱히 상관없다고. 그보다도 나중에 이 여행 때문에 헤어졌다는 소리를 듣는 게 더 기분이 더럽거든."

"나카무라……."

무뚝뚝하긴 하지만 왠지 배려가 느껴지는 제안이었다. 나카무라는 이즈미와 교제를 시작한 뒤로 조금 동글동글해진 것 같긴 하네. 사랑은 사람을 바꾼다는 말이 사실일까?

"그리고 요즘에 키쿠치가 유즈랑 친하게 지내잖아?"

"응, 지내고 있어!"

첫 참배 때 우연히 맞닥뜨린 이후로 교류를 꾸준히 해온 모양이다. 적어도 그때 키쿠치 양이 교실을 뛰쳐나가고서 곧바로 이즈미에게서 전화가 걸려왔다는 것은 중요한 이야기를 공유할 정도로 신뢰 관계를 맺었다는 뜻이다.

"그럼 어떻게든 되겠지. 그룹 같은 걸 신경 안 써도."

"……그런가."

그 말은 뭐라고 해야 할까, 나를 향한 배려이기도 하고, 이즈미를 신용한다는 의미로도 느껴졌다. 내가 살짝 갈등하고 있으니 무슨 영문인지 그 광경을 보고 있던 미미미가 과장되게 울먹였다.

"우우! 이것이 바로 남자들의 아름다운 우정! 이 소녀, 나나미 미나미는 감동했습니다!"

"우정은 무슨."

"그 퉁명스러운 말투가 오히려 좋아!"

"하아?"

나카무라를 상대로 평소처럼 재잘거린 미미미가 이윽고 감정을 추스르고서 나에게 미소를 보냈다.

"근데 나도 나카무랑 같은 의견이야! 키쿠치 양도 불러봐. 귀여운 여자애가 늘어나는 건 오히려 대환영!"

생긋 웃던 그녀의 얼굴이 이윽고 살짝 차분해졌다.

"게다가…… 나도 두 사람이 오래오래 잘 지냈으면 좋겠구나 싶어서."

그 말은 미미미의 강한 심지에서 비롯된 것이기도 하다.

그러나 어쩌면 연약한 일면에서 비롯된 것일지도 모른다.

"……알겠어."

그래서 나는 또다시 무난한 대답밖에 해줄 수가 없었다.

"나도 연극 때 신세를 졌던지라 얘기를 제대로 나눠보고 싶었어!"

연극에서 주인공으로 활약했던 타마 짱이 그렇게 말했다.

"슈지도 말했다시피 연애나 여러 이야기를 서로 나누면서 친구가 됐으니 괜찮아!"

이즈미도 고개를 연신 끄덕이며 말했다. 대체 무슨 이야기를 들었을지 굳이 생각하지는 말자.

"친해진 것 같은데요오?!"

타케이가 이유도 없는 감정으로 그렇게 주장했다. 그런데 도리어 그 말을 듣고서 아주 안심이 됐다.

"……모두들 고마워. 권유해볼게."

내가 말하자 모두 안심한 것처럼 웃었다.

그때 미즈사와가 불현듯 무언가 깨달은 표정으로 입을 열었다.

"아. 근데 후카 양이 참가하면 나랑 후미야랑 타케이 팀에 끼게 될 텐데…… 인원수가 이상해지잖아."

그 말을 듣고서 나도 깨달았다. 지금 우리 팀에 키쿠치 양이 끼게 되면 우리 팀 인원만 4명이 된다.

"그렇긴 하네."

나카무라가 동감하자 미즈사와가 생긋 웃었다.

"——그래서 타케이는 역시나 슈지 팀으로 가는 것으로."

"아, 역시 나, 키쿠치가 참가하면 신경이 쓰일 것 같기도."
"슈지?! 너무하잖아?!"
슬퍼하는 타케이를 아랑곳하지 않고 계획의 방향성을 정해나갔다.

* * *

그날 밤. 내 방.
"——그래서 이야기가 그렇게 됐는데…… 어떻게 생각해?"
내가 영상 통화로 모두와 나눴던 이야기를 전해주자 키쿠치 양이 조금 망설이듯 눈을 이리저리 돌렸다.
"근데…… 제가 가도 될는지……."
키쿠치 양이 불안해하며 말하자 나는 고개를 끄덕였다.
"다들 참가해도 된다고 했어. 친해진 것 같다면서."
나는 무의식중에 여러 의견 중 타케이의 의견을 꼽아서 전한 것을 반성하면서 대답을 기다렸다. 그러나 키쿠치 양은 여전히 떨떠름해 하고 있다.
"……그런, 가요?"
그 반응을 보고서 나는 망설였다. 단순히 사양하려는 의도로도 보이지 않았다. 어쩌면 키쿠치 양은 그 여행에 가는 것에 거부감을 느끼는지도 모르겠다.
"으음, 억지로 끌고 가려는 게 아냐. 만약에 키쿠치 양이 참가한다면 환영한다는 의미일 뿐이니까."

"응. 고마워요."

그리고 나는 키쿠치 양이 쓴 이야기를 떠올리면서 말했다.

"그 이유가…… 불꽃 사람의 호수와는 조금 이질적인 곳이라서 그렇다면 그래도 괜찮아."

우리만이 아는 단어를 사용하자 키쿠치 양이 살짝 망설이다가…….

"으음…… 그럼 저도 신세를 져도 될까요?"

그 말을 듣고 내 마음이 확 환해졌다.

"진짜?! 다른 애들한테 전해둘게!"

"응."

다만 마음에 살짝 걸리는 부분도 있었다. 이 흐름이 뭐라고 해야 할까, 살짝 강권한 것 같은 느낌이 든다고 해야 할까.

"만약, 나중에 두려워지거든 언제든 말해도 되니까."

내가 덧붙이자 키쿠치 양은 자신의 마음을 확인하듯 자기 손바닥을 쳐다봤다.

"예. ……확실히, 두려움이 조금 있기는 해요."

그리고 고개를 앞으로 돌리고서 지그시 쳐다봤다.

"그래도, 저도 모험을 좀 해보고 싶어졌어요."

"……모험."

내가 그 단어를 곱씹자 키쿠치 양이 부끄러워하며 웃었다.

"아무하고나 친구가 되고 싶은 마음은 없지만…… 후미야 군의 친구이니까."

나를 신용한다는 듯이 말하고서 그녀가 차분해진 표정으로 실웃음을 지었다.

"그렇게 남을 기쁘게 해주려는 사람들이 나쁜 사람일 리가 없으니까요."

"아하하. 그건, 나도 동감이야."

키쿠치 양이 미소를 보내다가 또다시 조금 진지한 표정을 지었다.

"히나미 씨를, 위해서죠?

나는 그 말 속에 여러 의미가 담겨 있는 것 같다고 느꼈지만.

"……그렇지."

그저 짧게, 솔직하게 대답했다.

키쿠치 양이 고개를 살짝 끄덕이고서 한숨을 휴우 내뱉었다.

"저, 조금 후회가 돼요. 연극 대본과 소설을 집필할 때 히나미 씨의 개인 영역에 발을 너무 깊숙이 내디딘 게 아닌가 싶어서요. 그래서 사과하고 보상하고 싶다고 생각하던 차였어요. 어쩌면 그 심정조차 그저 죄책감을 씻기 위한 이기심일지도 모르겠지만……."

키쿠치 양이 상상의 세계를 펼치듯 말했다.

"제가 만들어낸 아르시아를…… 다음에는, 히나미 씨를 기쁘게 해주기 위해서 사용하고 싶어요."

그것은 모두의 이야기를 듣고서 내가 도출해낸 결론과

비슷했다.

"응. 나도, 그러고 싶어."

나는 고개를 끄덕이고서 앞을 곧장 쳐다봤다.

이렇게 연인이 동일한 목적을 향해서 나아간다는 것.

그 대상이 나에게 또 다른 소중한 사람인 히나미이긴 하지만.

목적을 공유하고서 앞으로 나아가려고 애쓰는 이 시간은 분명 우리의 관계를 특별하게 만들어줄 발판이 되어줄 것 같았다.

"그럼, 잘 부탁할게요. 후미야 군."

그리하여 히나미 기쁨 주기 선수권에 대단히 든든한 아군이 가세했다.

* * *

"아, 안녕하세요!"

며칠 뒤 휴일. 나는 키쿠치 양을 데리고서 오오미야에 왔다.

그러나 지금 키쿠치 양은 나에게 인사한 게 아니었다.

"자, 잘 부탁드립니다!"

"예~. 잘 부탁해."

우리가 도착하자 콩나무 앞에서 기다리던 미즈사와가 눈썹을 치올리며 인사하고서 자연스럽게 키쿠치 양에게 미소를 지었다.

그렇다. 히나미 아오이 기쁨 주기 선수권에 도전하는 토모자키, 미즈사와 팀에 키쿠치 양이 가세했다. 그래서 오늘은 안면을 익히고 회의를 하기로 했다.

"제대로 대화를 나누는 건…… 타마 때 이후로 처음이었던가?"

타마 짱이 반에서 고립되어 어떻게든 타개하려고 시행착오를 거듭했을 때. 미즈사와와 키쿠치 양에게서도 많은 힌트를 얻었다.

"아, 그때 감사했습니다!"

고개를 꾸벅 숙이는 키쿠치 양의 몸이 딱딱하게 굳어버렸다. 무례를 범하지 않겠다는 필사적인 심정이 전해져왔다.

"하하하! 뭐, 힘 좀 빼. 후카 짱은 잡아먹지 않을 테니까."

"그럼 다른 건 먹을 거라는 뜻이냐?"

여전히 능글맞게 경박한 말을 해대는 미즈사와에게 딴죽을 걸면서 나는 키쿠치 양과 함께 미즈사와와 나란히 섰다.

"으음, 그럼 적당한 카페라도 갈까?"

내가 무난하리라 판단하고서 제안하자 미즈사와가 그러자고 고개를 끄덕이면서 제안했다.

"아, 그럼 가보고 싶은 데가 있는데 괜찮을까?"

"응? 아아, 알겠어."

무슨 영문인지 미즈사와가 살짝 히죽 웃었다. 뭐, 이런 때는 미즈사와에게 맡기면 문제가 없겠지.

……그렇게 생각했건만 그가 데리고 간 곳에서 나는 머리를 싸쥐고 말았다.

* * *

"어서 오세……, 어, 토모자키 씨랑 미즈사와 씨?!"

셋이서 탄 엘리베이터 문이 열리며 가게 내부가 드러났다. 그곳에서 놀라워한 사람은 계산대에 서 있는 구미 짱이었다.

그렇다. 미즈사와가 가고 싶다면서 우리를 데리고 간 곳은 나와 미즈사와가 아르바이트를 하는 가라오케 세븐스였다.

"야, 미즈사와. 대체 무슨 꿍꿍이야?"

"맞아요, 미즈사와 씨! 대체 무슨 생각이에요!"

"아니, 구미, 네가 그렇게 반응하면 이상하지."

"아, 들켰나요? 적당히 맞춰봤어요."

사람을 보자마자 간드러지는 목소리로 적당히 대꾸해주는 구미 짱은 여전했다. 자세히 보니 절묘하게 들키지 않도록 벽에 몸을 기대고 있다. 농땡이를 치는 능력은 이미 달인 수준이다.

미즈사와는 구미 짱을 보면서 무슨 간계를 꾸미듯 내 귓가에 대고 말했다.

"슬슬 소개해야지? 네 여친을."

"으?!"

그러고는 카운터 앞으로 불쑥 걸어갔다.

“방 하나만 좀 써도 될까? 그리고 음식도 부탁할게.”

“괜찮긴 한데, 튀김만 시켜주세요! 덮밥 같은 건 손이 많이 가서 안 돼요.”

“아~, 알겠어, 알겠어.”

두 사람이 방 대여 수속을 밟으면서 그런 대화를 나눴다. 뭐, 여기까지는 평소 아르바이트 풍경이라고 할 수 있겠지. 그러나 미즈사와의 간계 때문에 나는 평상심을 유지할 수가 없었다.

언제까지고 쑥스러워할 수만은 없기에 인사하면서 카운터 앞으로 걸어가니 내 뒤에서 키쿠치 양이 고개를 빼꼼 내밀었다.

“아, 안녕하세요…….”

“안녕하세요…… 엇, 엄청 귀엽게 생긴 여자애다?!”

구미 짱이 놀라서 벽에서 몸을 떼더니 계산대 너머로 몸을 쭉 내밀었다. 다시 말해 물 흐르듯이 계산대 앞 카운터로 몸을 옮겼다는 뜻이다. 역시 대단한 몸놀림이다.

“누구예요?! 누구 여자인가요?!”

“저기…….”

“헉…… 설마 양쪽 모두?!”

“흉흉한 말을 하면 쓰나.”

구미 짱이 가차 없이 하고 싶은 말을 줄줄 쏟아내자 미즈사와가 살짝 쥐어박았다. 그러나 구미 짱은 연체동물이므로 물리 대미지가 완전히 흡수되었다. 후반부 보스 같은 성능이다.

미즈사와는 그대로 나를 보더니 이렇게 말했다.

"——누구 여자냐고 묻는데?"

"아~……."

미즈사와가 또 히죽거렸다. 이 녀석은 정말이지 이런 짓궂은 구석이 있다. 완전히 나를 가지고 놀고 있다. 나는 도움을 요청하고자 키쿠치 양을 쳐다봤다.

"……!"

이럴 수가. 키쿠치 양도 내가 소개해주는 것을 조금 기대하며 기다리는 표정이었다. 그래, 키쿠치 양도 이런 구석이 있었다. 이거 야단났네. 이런 두 사람과 함께 있으니 더할 나위 없이 성가시다.

"토모자키 씨, 답이 뭔데요! 어서, 제가 서 있을 수 있는 동안에 말해줘요!"

그녀가 얼토당토않은 조건을 붙이며 요구해왔다. 그런데 자세히 보니 구미 짱은 그 어디에도 체중을 싣지 않은 채 자기 다리로만 서 있었다. 이거 아주 귀한 장면이다. 서 있을 수 있는 동안에 말하지 않으면 어떻게 되는지도 궁금하긴 하지만, 뭐 말하지 않을 이유도 없지.

그래서 에잇, 될 대로 되라.

"저기 말이야, 이 사람은 키쿠치 양. ……내 여친."

"~~으!"

내가 말한 순간 키쿠치 양이 고대했다는 듯이 얼굴이 단

숨에 빨개졌다. 역시 그녀에게는 이런 구석이 있다. 뭐, 어떤 의미에서 귀엽다고 할 수도 있으니 괜찮긴 하지만, 구미 짱이 '은근슬쩍 꽁냥거리네……' 하고 매도하는 듯한 싸늘한 시선으로 쳐다보고 있어서 괴로웠다. 구미 짱은 그런 감정을 매몰차게 표정으로 드러냈다.

"토모자키 씨는 여친이 생기면 사족을 못 쓰는 남자가 돼버리네요……. 대체 여친을 얼마나 사랑하는 건지……."

"아니, 그런 게 아니라……."

내가 반사적으로 부정하려고 하자 또다시 옆에서 시선이 느껴졌다. 그쪽으로 고개를 돌리니 키쿠치 양이 엄청나게 서운한 표정으로 나를 보고 있었다.

"아, 아니, 그게 아니라! 저기…… 예, 그 말이 맞습니다……. 아주 좋아합니다……."

"~~으!"

"거봐요~! 역시!"

"하하하! 후미야, 말 잘했다."

그렇게 아군이 하나도 없는 상황에서 나는 쩔쩔맸다.

＊＊＊

"그럼 느긋하게 보내세요~."

각자 드링크 바에서 잔에다가 음료수를 채운 뒤 카라오케 세븐스의 조금 널찍한 방으로 안내받은 지 약 10분. 구미 짱이 서비스로 만들어준 모둠 튀김이 도착하자 미즈사와가 분위기를 잡듯이 말했다.

"자, 우린 어떻게 서프라이즈를 준비할까?"

"글쎄…… 뭐부터 생각할까?"

내가 키쿠치 양에게도 들리도록 말하자 그녀가 순간 고민하고서 말했다.

"역시 중요한 건…… 히나미 씨가 무엇을 좋아하는지가 아닐까요?"

"으~음, 우선 히나미라면…… 치즈겠네."

내가 물꼬를 트듯 말하자 미즈사와가 수긍했다.

"뭐, 가장 푹 빠져 있는 걸 꼽으라면 그거겠지."

"일부로 과장하는 측면도 있긴 하겠지만, 치즈를 좋아하는 것만은 진짜인 것 같으니까."

"오호, 후미야의 눈에도 그렇게 비쳐?"

미즈사와가 손바닥에 턱을 괴면서 왠지 속내를 캐내려는 듯한 투로 말했다.

"뭐, 뭐야? 그렇게 봤냐니?"

"글~쎄? 계속해봐, 계속."

그리고 내 표정을 관찰하듯이 물끄러미 쳐다봤다. 키쿠치 양이 그런 모습을 의아하게 바라봤다.

"으~음, 그리고 또……."

그때 내 머릿속에서 가장 먼저 떠오른 것은 나와 히나미가 만나게 된 계기를 제공해줬고, 그리고 내가 유일하게 그 녀석을 이길 수 있는 종목이기도 한 게임, 어패였다.

……그러나.

"또…… 아! 육상!"

나는 무난한 단어를 늘어놓고 말았다.

그 녀석이 어패를 좋아한다는 사실은 직접적이지는 않더라도 그 녀석의 감춰진 진짜 얼굴로 이어질 수 있는 요소다. 그래서 나는 무심결에 그것을 언급하는 것을 피했다.

"육상, 말이지."

내가 누구라도 알 수 있는 얄팍한 단어를 늘어놓자 미즈사와가 따지듯이 탁자 너머로 몸을 홱 내밀었다.

그 시선은 내 눈의 중심을 곧장 꿰뚫고 있었다.

"어, 저기…… 그리고 또…… 뭐냐."

아무 말도 듣지 않았는데도 마치 추궁당하는 것 같은 감각. 키쿠치 양이 그런 우리의 모습을 아까보다 더 의아하게 쳐다봤다.

"……뭐, 확실히, 그럴 수밖에 없겠지."

"그, 그럴 수밖에…… 라니?"

이윽고 미즈사와가 후우, 하고 숨을 내뱉고서 몸을 다시 소파 쪽으로 되돌렸다. 그러나 나에게서 시선을 떼지 않은 채로 말을 이었다.

"……있잖아. 후미야한테도, 후카 짱한테도 말해두고 싶은 게 있어."

"아, 예."

이름이 불리자 키쿠치 양이 놀랐다. 그리고 미즈사와는 합성 가죽으로 된 소파에 몸을 가볍게 기대며 가벼운 투로 말했다.

"나, 아오이를 좋아하는데 말이야."

"어?!"

"뭐?!"

그가 잡담이라도 나누는 듯 너무나도 가벼운 톤으로 그 말을 툭 내뱉자 키쿠치 양과 나는 큰소리를 냈다. 나는 그 사실을 알고 있었는데도 예상치 못한 타이밍과 톤이었기에 키쿠치 양만큼이나 깜짝 놀라고 말았다. 미즈사와가 마치 계획이 맞아떨어진 것처럼 웃고 있는 것으로 보아 이런 반응을 노린 게 틀림없다. 방심할 수 없는 녀석이다.

"아니, 뭐야, 뜬금없이?"

"후미야는 알잖아? 내 속내를."

"알고 있더라도 느닷없이 말하면 놀라는 게 당연하지!"

"하하하, 미안, 미안."

능글맞은 표정으로 무슨 생각을 하고 있는지 역시나 모르겠다.

이윽고 미즈사와가 목소리를 조금씩 가다듬었다.

"근데 이거 중요한 얘기인데 말이야."

미즈사와가 열기가 느껴지는 톤으로 말을 이었다.

"이번엔 말이야. 장난이 아니라…… 진심으로 아오이를 기쁘게 해주고 싶어."

평소에 미즈사와는 능글맞기 그지없지만, 지금 그 눈빛은 진지했다. 그 마음이 키쿠치 양에게도 전해진 듯했다.

"……그렇군요."

키쿠치 양이 부드러운 미소를 지었다.

"그래서 그런 '형식'만 애써 갖춘 서프라이즈는 하고 싶지 않아. 그 녀석의 마음에 닿을 만한 걸 준비하자."

미즈사와가 결심한 것처럼 말했다.

"형식……이라."

그것은 예전에 미즈사와가 알려줬던 사고방식.

내용물보다도 우선은 겉모습, 평판, 사회적인 이미지를 우선하고, 채워나가는 가치관.

언제부터인가 미즈사와는 그것을 타파하려고 애쓰고 있다.

"……분명, 그러네."

나도, 고개를 끄덕였다.

그 녀석, 히나미 아오이는. 우리와 소통을 할 때도 자신의 속내나 본질을 보여주지 않는다. 그저 만들어진 모습만을 쌓아나간다. 그래서 이즈미나 미미미에게도 자신의 표면밖에 보여주지 않는다.

그러나 나는 아마도 그 본질의 일부를 알고 있다.

"모처럼 찾아온 기회이니 최고의 생일을 만들어주고 싶지 않아?"

미즈사와가 생긋 웃고서 말했다.

"……왠지, 의외네요."

키쿠치 양이 미즈사와를 지그시 쳐다보며 말했다.

"의외라니?"

미즈사와가 되묻자 키쿠치 양이 어른스럽게 말했다.

"미즈사와 군은 좀, 무슨 생각을 하는지 알 수 없는 사람이라고 여겼는데……."

그리고 안심한 듯했다.

"굉장히, 좋은 사람이네요."

"맞아. 미즈사와는 좋은 녀석이야."

나도 상당히 동의하는 바였기에 무심코 바로 수긍했다. 진심 어린 생각과 마음을 담아서 말했건만 어째선지 미즈사와가 살짝 불쾌한지 눈썹을 찡그렸다.

"으~음…… 상냥하다느니, 좋은 사람이라느니 하는 말들은 남자 인싸한테 그다지 좋은 의미는 아닌데……."

"뭐야, 그 이론은……."

내가 딴죽을 걸자 미즈사와가 말했다.

"뭐…… 아오이한테는 진심이니 그렇게 나가도록 할까."

그리고 소년처럼 웃더니 잔을 홱 기울였다. 방금 굉장히 멋지게 보였는데, 늘 떠오는 그 주스 맞지?

"말했지? 나, 하루하루가 게임 같다고. 힘들게 노력하지 않아도 웬만한 건 해낼 수 있다고. 원하는 게 그냥 스르르 손에 들어와서 진심을 다할 일이 없었어."

미즈사와가 떠안고 있는 고민.

2 정반대 속성을 가진 캐릭터가 파티에 있으면 새로운 필살기를 쓸 수 있게 되기도 한다

어쩌면 그것은……, 아시가루 씨의 말을 빌리자면 업보라고 할 수 있는지도 모르겠다.

"……근데 아마도 마음 한구석으로는, 그런 자기 자신한테 자신감을 갖고 있었던 것도 사실이지."

결의를 숨긴 것 같은 그 표정에서 그 말대로 자신감이 배어 나왔다.

"그게 그 녀석한테 통하질 않았어. 오히려 날 고꾸라뜨렸지. 지금까지의 날 부정한 것 같은 기분이었어. 분하긴 하지만…… 무지 재밌구나 싶더라고."

뭐든지 손에 닿는 남자가 드디어 찾아낸, 손이 닿지 않는 존재.

"뭐, 나도 아직 고등학생이니까 어쩌면 훗날 더 좋은 여자랑 만날 수 있을지도 몰라."

분명 여름방학 합숙 때 마음을 전한 뒤부터.

그 누구보다도 능청스럽고, 그 누구보다도 차가울 남자가 오직 한 사람에게만 열의를 쏟고 있다.

"근데 난……, 지금 느끼고 있는 이 진심을 소중히 하고 싶어."

미즈사와가 그대로 나와 키쿠치 양을 똑바로 쳐다보며 고개를 숙였다.

"그래서…… 드문 일이긴 한데 내가 후미야한테 부탁할

게 있어.”

“……부탁?”

정말로 진지한 말투였다. 새삼 돌이켜볼 필요도 없이 나는 지금껏 미즈사와에게 부탁만 해왔지 받아본 적이 거의 없었다. 이런, 그렇게 생각하니 어지간해서는 갚을 수 없는 빚을 진 것 같은 기분인데.

내가 각오를 굳히면서 들을 준비를 마치자 미즈사와의 입에서 예상과 조금 다른 말이 나왔다.

“아마도 말이야. 내 짐작이 틀리지 않았다면…… 아오이에 관해서 너랑, 어쩌면 키쿠치 양만 알고 난 모르는 뭔가가 있을 것 같거든.”

“엇!”

나를 물끄러미 쳐다보는 그 눈동자에는 아까 전처럼 장난기가 전혀 없었다.

“——그걸, 내게 알려줄래?”

그가 핵심을 찌르듯 말했다.

* * *

몇 분 뒤 나는 빈 잔을 내려뒀다.

그로부터 나는 양해를 구하고서 어떻게 해야 좋을지 잠

시 고민했다.

왜냐면 분명 나만의 문제가 아니니까.

"……있잖아."

"뭐야? 후미야."

드디어 생각을 정리하고서 나는 목소리를 냈다. 그런 감정을 고백한 뒤인데도 미즈사와는 여전히 여유롭게 굴었다. 그러나 깊은 속내를 털어놓았으니 어떤 의미에서 마음이 편할지도 모르겠구나 싶었다.

"미즈사와가 말한 대로 분명 나와 히나미 사이에는 비밀이라고 해야 할까…… 숨기고 있는 게 있어."

"하하하. 그렇겠지."

미즈사와는 평소처럼 천연덕스러운 모습으로 되돌아왔다. 그러나 그 눈동자 속에서 역시나 진지함이 번뜩였다.

"근데 그걸, 내 독단으로 말해도 될는지 모르겠다고…… 해야 할까."

"뭐, 그건 맞는 얘기야."

한 사람의 영역에 깊숙이 개입하여 무언가를 바꾸려고 하는 행위에는 원래 개인이 다 짊어질 수 없는 책임감이 따른다. 그것이 상대의 허락을 구하지 않고 저지른 행위라면 책임이 더욱 막중해진다.

"네 말이 분명 옳아. 허가를 받을 수 있는 사안도 아니고, 각오가 없는 녀석한테 얘기해봤자 아프기만 할 뿐이지. 상대방의 감정이나 너한테 미칠 파장을 감당할 수가 없으니까.

……그래도 말이야."

미즈사와가 왠지 결심한 것처럼 나를 지그시 쳐다봤다.

"그럼 그 녀석은 언제까지나, 외톨이일 거 아냐?"

그 진지한 표정에 나는 일종의 소름이 끼쳤다.

그 얼굴에는 책임을 짊어질지 말지 망설이거나, 밝혀질 비밀을 두려워하는 기색은 없고…… 그저 히나미를 생각하는 마음만이 느껴졌다. 혹은 깊숙이 관여하겠다는 결의만이 번뜩였다.

그것은 분명 쫓아가고 싶은 것을 발견한 남자의 각오겠지.

미즈사와는 나와 키쿠치 양보다도 훨씬 적은 실마리로, 그 녀석을 좋아한다는 일념만으로 그 깊숙한 내면을 향해 발버둥 치며 손을 뻗고 있다.

그러나 틀림없이…… 그것만으로는 진실에 닿지 못했을 것이다.

"어…… 그렇지."

나는 미즈사와의 열의를 느끼면서도 고민했다.

개인이 개인으로서 혼자서 살아갈 작정이라면.

그 누구에게도 은밀한 내면을 열어줄 필요가 없다. 그 대신에 그 누구의 은밀한 내면에도 들어가서는 안 된다.

모든 책임을 스스로 짊어진다면 혼자서 아무에게도 의존하지 않고, 구애받지 않고 자유롭게 살아갈 수 있다.

"나도, 히나미도 아마도 개인은 어디까지나 개인일 뿐이라고 여기고 있어. ……본인의 책임을 스스로 감당하는 대신에 타인의 간섭을 허용하지 않겠노라고. 그런 생각으로 살아왔다고 생각해."

원래 나는, 히나미는.

그런 삶의 방식을 스스로의 의지로 선택했다.

"그건 뭐…… 알 것 같네."

미즈사와가 이해하고 있음을 보여주듯 말했다.

"그래서…… 멋대로 히나미가 어떤 사람인지 말할 권리도 내게 없어."

왜냐면 자신이 갖고 있는 권리를 멋대로 확장하여 해석하는 행위이니까.

"그럼, 말할 수 없다는 거야?"

내 이성이 미즈사와의 말에 수긍했다.

개인은 개인. 본인의 허락도 없이 그 비밀을 밝힌 뒤 그녀의 마음속으로 발을 내딛기 위해서 결탁하는 건 도리에 어긋난다. 그래서 말할 수 없다. 그것이 내가 내린 결론인 줄 알았다.

그러나.

제2피복실에서 키쿠치 양이 내 마음을 휘저었을 때. 내면에서 솟아나는 감정을 움켜쥐고서 새긴 인생의 목표 중 하나…….

'히나미 아오이의 인생을 컬러풀하게 만든다.'

그렇다면 난.

"이 자리에서 모든 걸 말해주려면 난 지금껏 싸워왔던 개인경기의 무대에서, 나 자신을 스스로 가둔 우리 안에서 나와야만 한다는 뜻이야."

"……그렇겠지."

미즈사와가 체념한 듯 말했다.

"……아니."

만약에 그 무대에서 내려올 작정이라면.

그 대신에 누군가의 권리에 관여할 작정이라면.

나는 더욱 구체적으로…… 스스로가 앞으로 저지를 월경행위(越境行爲)를 말로써 드러내야만 한다.

내 안에 감돌던 위화감의 정체는 말하느냐 마느냐보다 그것이었다.

그래서 나는 숨을 들이마시고서 이 세계 안에서 출렁이는 모호한 기준에 선언하듯이.

"——난 히나미를, 특별한 존재라고 여기고 있어. 그래서 이제부터 독단으로, 히나미가 어떤 사람인지 미즈사와한테 말하겠어."

너무나도 얼토당토않고 이기적인 선언.

우리가 공유하는 개인주의를 존중하는 동시에 그것을 뛰어넘기 위해서.

상대가 특별하고 소중한 존재이기에 상대의 권리를 침해한다.

나는 그런 의미 불명의 생각을 말로 표현했다.

"……하하하하!"

미즈사와가 크게 웃었다. 키쿠치 양은 역시나 조금 서글퍼하는 것 같았다. 그러나 모든 것을 수용하듯 부드럽게 웃어줬다.

이윽고 미즈사와가 웃음을 거두고서 말했다.

"역시 넌, 이상한 녀석이야."

"뭐, 그 점은 나도 동의해."

마음이 왠지 후련해져서 나도 하하하, 하고 웃었다.

* * *

수십 분 뒤.

"뭐, 절반은 예상한 대로였고, 절반은 생각 이상으로 야릇해서 현웃 터지네."

나는 미즈사와에게 지금껏 겪었던 일들을 들려줬다.

"현웃이라는 단어를 인싸도 쓰는구나……."

내가 쓸데없는 부분에 반응한 건 제쳐두자. 방금 나는 세 가지를 말했다. 어패를 계기로 히나미와 만난 뒤로 인생 공략법을 배워왔다는 사실. 히나미가 그토록 노력을 계속해온 이유는 자신이 옳다는 것을 증명하기 위해서라는 사실.

그리고…… 히나미는 나를 이용하여 그 이론을 재현할 수 있음을 확인하려고 했다는 사실까지.

"왠지, 납득이 돼."

"납득?"

생각지 못한 단어에 내가 되묻자 미즈사와가 왠지 감상에 젖은 듯한 투로 말했다.

"그만큼 속을 알 수 없는 녀석이었기에 난 아오이한테서 눈을 뗄 수가 없었던 거구나 싶어."

잔에 담긴 투명한 얼음을 보면서 선뜻 말했다.

"……그런가."

새어 나온 그 감정에서 역시나 외골수다운 열기가 느껴졌다.

"게다가…… 네 말을 들으니 그 녀석이 아무한테도 진심을 드러내지 않는 것 같은 느낌이나 조금 무서우리만치 노력하는 이유 같은 게 설명이 되잖아?"

나는 수긍했다. 돌이켜보니 처음 만났을 무렵 히나미의 의도나 동기 등을 전혀 몰랐다. 그러나 풀어헤치고 보니 모든 것이 한 줄기로 이어져 있었다.

그래도 왜 그렇게 됐는지는 아직 모른다.

"그럼 말이야. 역시 서프라이즈의 열쇠는 어패인 거 아냐?"

미즈사와가 이야기를 되돌리듯 말했다.

우리는 히나미를 보다 깊이 알기보다 우선은 그 녀석을 기쁘게 해주고 싶다.

그래서 모든 것의 전제를, 그렇게까지 말해도 될는지는 모르겠지만, 중요한 내용을 공유한 상태에서 다시금 서프라이즈에 관해 의논하기 시작했다.

“그렇다면……예를 들어, 오리지널 게임…… 같은 거 말인가요?”

키쿠치 양도 의견을 제시했다. 나는 속으로 그녀를 굉장하다고 여겼다.

이 자리에 어색한 미즈사와가 있는데도 의견을 제시해서가 아니라……, 남친이 ‘특별’하다고 선언한 여자애를 기쁘게 해주려고 의견을 제시해서였다. 만약에 반대로 키쿠치 양이 ‘실은 타치바나 군은 제게 특별한 존재라서…….’ 하고 말한다면 나는 돕기는커녕 앞으로 10년쯤 방에 틀어박힐 자신이 있다고.

“뭐, 분명 그걸 실현할 수 있다면 아주 좋겠지만…….”

미즈사와가 곤란해하며 말했다. 아마도 키쿠치 양의 의견이라서 최대한 받아주고 싶긴 하지만, 그래도 뼛속까지 리얼리스트인지라 실현 가능성이 낮아서 차마 동의하기가 어려운 거겠지.

“그러네……. 아마도 게임은 그리 쉽사리 제작할 수 있는 물건이 아닐 테니까…….”

나도 게임 제작 과정을 잘 아는 편은 아니지만, 오랫동안 인터넷 세계에서 살아왔기에 그런 온도감 같은 걸 넌지시 알고 있다. 클라우드 소설 서비스 같은 걸 이용하더라도 우리의 힘만으로 완성하는 건 난도가 높겠지.

"으~음. 하다못해 정통한 사람이라도 있다면."

미즈사와가 혼잣말을 하듯이 말하자 나는 생각이 하나 떠올랐다.

"……어쩌면."

내가 키쿠치 양과의 관계를 계기로 넓혀 나가고자 마음먹은 세계 안에.

혹시나 그걸 실현하기 위한 관계가 있을지도 모른다.

"아는 사람이라도 있어?"

"아니, 그 사람이 직접 제작할 수 있을지는 모르겠지만……, 누군가를 소개해줄 수는 있을지도."

내가 거기까지 말하자 키쿠치 양도 감이 온 모양이다.

"그렇구나……. 어쩌면, 지인 중에 있을지도 모르겠네요."

그렇게 솔직하게 기뻐해줬다.

뭐, 게임과 관련이 있기는 하지만 그 사람은 **플레이를 하는 쪽**이라서 직접적으로 도움을 될지는 모르겠다. 그러나 그 주변에 어쩌면, 제작에 몸을 담고 있는 사람이 있을지도 모르겠구나 싶었다.

"어? 뭐야? 나 눈치가 나쁜가?"

"자, 글쎄?"

2 정반대 속성을 가진 캐릭터가 파티에 있으면 새로운 필살기를 쓸 수 있게 되기도 한다

"후미야, 너……."

그렇게 보기 드물게 미즈사와만이 눈치를 못 챈 상황을 즐긴 뒤에.

"실은 지인 중에 아시가루라고 하는 프로 게이머가 있는데……."

……그런 느낌으로 오프라인 대회 때 겪었던 일과 그 주변의 인간관계를 들려줬다.

그러자 미즈사와가 납득했는지 고개를 끄덕였다.

"과연. 프로 게이머는 게임이나 엔지니어 업계와 다소 가까울 테니…… 뭐, 우리들끼리 모색하는 것보다는 가능성이 있겠네."

"그치?!"

그리하여 나는 최근 반년 하고도 며칠 동안에 얻은 것을 이용하여 목표를 향해 조금씩 나아갔다.

그 녀석과 인생 공략을 시작한 뒤로 시간이 날개라도 달린 것처럼 지나갔다. 그동안에 나는 그 녀석의 가면 속 얼굴을 많이 봐왔다. 그중에는 그 녀석이 '형식'으로서가 아니라 정말로 좋아하는 것의 단편이나마 있었을 것이다.

그렇다면 나는 그것을 내면을 파헤치거나 접근하기 위해서가 아니라……, 기쁨을 주기 위해서 이용해주마.

후, 미안하지만 이즈미, 히나미를 가장 기쁘게 해줄 사람은 바로 나야.

* * *

의논이 일단락된 뒤.

"……키쿠치 양, 늦네."

"그러게."

키쿠치 양이 실례 좀 하겠다며 방에서 한 번 나갔다. 그로부터 10분쯤 지났는데 돌아오지 않았다.

"잠깐 상황을 보고 올게——."

내가 소파에서 일어선 순간.

방 밖에서 목소리가 들렸다.

"에에에~~엥?! 그럼 토모자키 씨가 먼저 고백을?!"

"……그, ……한데."

내가 민망한 가십거리의 소재가 되었음을 훤히 알 수 있는 대화의 일부분이 들려왔다.

"아무래도…… 구미 짱한테 붙잡힌 모양이야."

"하하하. 걱정하지 마, 후미야."

신이 나서 말하는 미즈사와를 째려보면서 나는 다시 소파에 털썩 앉았다.

그때 문득 미즈사와가 나를 보고 있음을 깨달았다.

"그러고 보니, 후미야."

"응?"

"고마워."

느닷없이 감사를 받았다.

"어? 갑자기 왜 그래."

내가 묻자 미즈사와가 입꼬리를 살짝 올리면서 왠지 따뜻함이 서려있는 목소리로 대답했다.

"그게 말이야. 뭐, 분명 난 아오이를 좋아한다고 했고, 후미야도 아오이가 특별하다고 했잖아."

"어."

"그거, 내가 아오이를 알고 싶어 하는 이유이기도 하고, 네가 누군가한테 비밀을 알려줄 만한 이유가 될 수도 있겠지만……, **후미야가 내게 알려줘야 하는 이유**는 안 되잖아?"

"……아."

듣고 보니 그렇다.

나는 각오를 공유할 수 있는 사람이라면 누구에게든 히나미의 진짜 모습을 술술 말해줄 생각이 없다.

왜냐면 그것은 '히나미 아오이의 내면에 발을 들이는 것'을 내가 누군가에게 허가한다는, 우습기 짝이 없는 이상한 월권행위이니까.

"그렇다는 얘기는. 즉 네가 날 믿어줬다는 의미가 되는 거지."

"우……."

미즈사와가 내 속을 뒤집어놓으려는 것처럼 실실 웃으면서 말했다. 정곡을 제대로 찔렸기에 제대로 부아가 치민다.

"어라? 혹시 너 날 절친이라고 생각하냐?"

"시, 시끄러."

"오, 뭐야, 창피한 거냐? 말해, 어서 말하라고."

그런 식으로 나를 부추기는 미즈사와가 즐거워 보였다.

"마, 말 안 할 거야."

"어째서?"

미즈사와가 히죽거리며 묻자 나는 '듣고 보니 이유가 뭘까?' 하고 의아해하며 속으로 어떻게 대답할지 고민했다.

누가 나에게 미즈사와를 그런 식으로 생각하느냐고 묻는다면……. 거기까지 생각하다가 나는 깨달았다.

나는 어디에서 비롯되었는지는 모르겠지만, 어쨌든 그럴듯한 것 같은 논리를 미즈사와에게 던져봤다.

"진짜 절친끼리는……, 굳이 절친이라고 말하지 않는 법이잖아! 아마도!"

그러자 미즈사와가 순간 어리둥절해했다.

"……흐~음."

이윽고 그가 납득한 것처럼 아이처럼 웃었다.

그리고 내 어깨를 툭 두드리더니 또다시 내 감정을 뒤흔들려는 듯 의기양양하게 말했다.

"그도 그러네. 그럼 앞으로 잘 부탁할게. ──**후미야.**"

3 잘 노는 법을 마스터하면 전직할 수 있는 직업은 의외로 강하다

그로부터 며칠 뒤 토요일.

오늘도 히나미의 버스데이 기획 멤버들끼리 모여서 회의를 하기로 했는데…….

"미즈사와 선배에 나나미 선배……, 이번에는 나카무라 선배랑 유즈 선배까지?!"

내 여동생이 우리 집 현관 앞에서 눈빛을 반짝였다.

그렇다. 이런 기획은 반드시 우리 집에서 해야 한다고 정해놓기라도 했는지 기타요노 역에 모인 기획 멤버들 7명이 몰려들었다. 이거 왠지 전에도 봤던 광경인데?

현재 현관에서 여동생이 우리를 맞이해주고 있는 참이다. 그런데 우리 불초한 여동생은 징그러울 정도로 예절이 없는지라 본인이 잘 모르는 선배는 언급도 하지 않고 시원하게 넘겨버렸다. 구체적으로 꼽자면 타마 짱과 키쿠치 양이다. 그리고 굳이 더 따지자면 타케이도 마찬가지다. 그러나 타케이는 타케이이기에 무시하는 게 올바른 예절이므로 포함하지 않았다.

"야호~, 잣키~! 신세 좀 질게!"

이즈미가 경쾌하게 인사를 받아줬다. 그러고 보니 여동생과 이즈미는 배드민턴부에서 선후배 사이라고 했던가.

"유즈 선배! 은퇴해서 쓸쓸했어요~!"

그런 느낌으로 여동생도 이즈미를 잘 따랐다. 여동생의 특이한 일면을 처음 봤다.

그런데 이렇게 가까이 서 있는 모습을 곰곰이 살펴보니 머리 모양 같은 게 미묘하게 비슷하네. 혹시 우리 여동생도 후배답게 멋진 선배를 동경하는지도 모르겠다. 만약에 그렇다면 귀여운 구석이 있긴 하네. 귀엽지 않은 구석이 더 많긴 하지만.

모두들 '실례하겠습니다' 하고 가볍게 인사하기를 기다린 뒤에 나는 여동생이 모를 것 같은 상대를 소개해나갔다.

"으음, 이쪽은 미미미랑 친한 배구부 소속 나츠바야시 씨고, 저 덩치는 타케이고……."

"아! 나츠바야시 선배, 체육관에서 본 적 있어!"

"나도 본 적 있어. 토모자키의 여동생이었구나."

"자, 잘 부탁드립니다!"

"잘 부탁합니다요오!"

그렇게 도중에 끼어들어 인사하는 타케이를 지켜보면서 나는 긴장했다.

왜냐면 내가 다음에 소개할 사람이…….

"그리고, 이 사람은……."

나는 키쿠치 양이 앞으로 나오도록 유도했다.

"——내 여자친구인 키쿠치 양."

"…………뭐?"

여동생의 시간이 정지하여 침묵이 흘렀다. 마치 시간을 조작하는 마법이라도 부린 것 같은 몇 초였다. 그러나 키쿠치 양은 백마법을 부릴 것 같은 사람이므로 아마도 이 마법은 다름 아닌 내가 부렸겠지.

"여자친구라면, Friend나 Companion 같은 뜻?"

"아니, 그게 아니고…… Love 쪽."

"오호, 그렇구나……. 여자친구는 애인이라는 뜻이구나."

그 말을 끝으로 여동생은 멈춰버렸다.

그리고 또다시 아주 강력한 시간 마법이 발동된 지 십여 초 뒤.

"…………엄————마! 오빠가!!!"

"뭐?! …………후미야한테 여친이?! 오늘 해가 서쪽에서 떴나? 아니면 지진?! 아아, 어서 재해에 대비해야겠네!"

가족들이 의미를 알 수 없는 호들갑을 떨자 내 뺨이 꿈틀꿈틀 치켜 올라가는 느낌이었다. 어쩌지, 낯부끄러워라.

"아, 저기!"

바로 그때.

키쿠치 양이 결심한 얼굴로 큰소리로 말했다.

"후, 후미야 군이랑 교제하고 있는, 키쿠치 후카입니다!"

여동생이 또다시 오버플로우한 것처럼 멈춰버렸다.

"……엄——마!! 미소녀가 오빠더러 후미야 군이라고 불렀어——!!"

"아앗! 이건 이미 운석이구나?! 충돌하기 전에 정식으로 인사를……!"

"이제 됐어, 저리 가. 자, 다들 어서 방으로 가자고."

키쿠치 양의 발언에 우리 집이 더욱 소란스러워졌다. 무슨 말을 더 해본들 불에 기름을 끼얹는 꼴이겠지.

"후, 후미야 군, 미안해요, 저 때문에……."

"아냐……. 저 둘이 이상한 것뿐이니까 신경 쓰지 마……."

전혀 무관한 책임감을 무겁게 느끼고 있는 키쿠치 양을 다독이면서 나는 엄마와 여동생이 난리를 피우는 틈에 모두를 안으로 들인 뒤 내 방으로 이어지는 계단을 올라갔다.

"아하하. 브레인네 집은 여전히 재밌네?"

"어, 재밌게 느꼈다니 참 고맙네, 어휴……."

그렇게 미미미에게 또 놀림을 당하면서 내 방에서 회의를 시작했다.

* * *

"오, 다들 어떻게 서프라이즈를 할 건지 정했구나."

미즈사와가 말하자 미미미가 "예~스!" 하고 대답했다. 참고로 미미미는 지난번에 데서인지 이번에는 내가 소지한 야한 DVD를 뒤지지 않았다. 나와 마찬가지로 미미미도 성장하고 있다. 참고로 수학 폴더 보관했던 동영상들은 클라우드에 옮겨 놨다. 그런 의미에서도 나는 성장했다.

"이제는 실행하기만 하면 돼!"

미미미가 말을 잇자 나도 "우리도 뭘 할지는 정했어" 하고 대답했다.

"으~음, 우리도 뭘 할지 정하긴 했지만, 조정하는 데 조금 애를 먹고 있는 중……."

이즈미가 분하다는 투로 말하고서 분위기를 전환하려는 듯 이야기를 팍팍 진행시켰다.

"뭐, 그보다도 오늘의 메인! 어디로 여행을 갈지 정해도록 하자~!"

그렇다. 오늘 회의의 주요 의제는 여행지를 정하는 것이다. 본론으로 들어가자 타마 짱도 함께 으~음, 하고 고민하기 시작했다.

"어디가 좋을까? 아오이가 좋아할 만한 곳을 골라야할 텐데……."

"으~음. 역시, 맨 먼저 떠오르는 건…… 치즈?"

이즈미가 타마 짱의 말에 호응했다. 의외로 저 두 사람이 대화를 긴히 나누는 광경을 거의 본 적이 없다. 그런데 비교적 자연스럽게 잘 맞물리는 것 같은 느낌이다. 키쿠치 양 때도 그랬지만, 이즈미는 상대방에게 자연스럽게 잘 맞춰주네.

"근데 치즈와 관련하여 어딜 가야 좋을까? ……목장?"

미미미가 감이 잘 오지 않는다는 투로 말했다.

"뭐, 미묘하네."

이즈미가 끙끙거리며 고개를 갸웃거렸다.

뭐, 히나미가 치즈를 좋아하는 건 분명 사실이지만, 선물이나 서프라이즈 용도로 사용한다면 모를까, 여행지까지 그와 관련된 장소를 택하는 건 약간 지나치긴 하지. 생일에 목장이나 치즈 공장, 치즈 박물관 같은 곳에 가본들 황당할 따름이니까.

"어쩌지……."

이즈미가 미궁에 빠져 곤혹스럽다는 투로 말했다. 절망하는 속도로 너무 빠르다.

"……그러게."

한편 나는 히나미를 생각하면서도…… 동시에 나 자신을 생각하고 있었다.

왜냐면 나는 그 녀석과 취미가 비슷하고, 사고방식도 닮았다.

내가 즐거워하는 걸 그 녀석도 무조건 즐거워할까? 라는 근본적인 물음은 제쳐두고서라도 내 감정이 참고가 되지 않을까 싶었다.

"아오이, 꽤 지친 것처럼 보이니까 온천 같은 데는 어때?"

타마 짱이 의견을 밝히자 미미미가 고개를 갸웃거렸다.

"어~, 그거 좀 아저씨스럽지 않아?"

"아니면 차라리 왕도 중의 왕도인 디즈니에 갈까?"

이즈미가 말하자 미즈사와가 시원스레 대꾸했다.

"뭐, 무난하긴 하네. 근데 아오이라면 뻔질나게 갔을 것 같긴 해……. 오히려 우릴 안내할지도."

"그, 그러네……."
"근데 유원지는 괜찮은뎁쇼?!"
타케이가 자신의 순수한 느낌을 큰소리로 밝혔다. 타케이는 유원지, 비디오 게임, 홀로그램 캐릭터 카드 같은 것에 반응하는 습성이 있으므로 간단히 회유할 수 있다……. 응?
"유원지, 비디오 게임……."
나는 머릿속으로 멋대로 지어낸 타케이의 습성을 떠올리다가 무언가가 걸렸다. 머릿속에 떠오른 단어들을 한데 이으면 무언가가 나올 것 같은 기분이 들었다. 내가 가고 싶은, 재밌을 것 같은 장소…….
"……아!"
그리고 나는 번뜩였다. 무엇이 계기인지는 정확히 모르겠지만, 여하튼 번뜩였다.
"뭔가 떠오른 건가요?"
지금껏 말을 통 하지 않던 키쿠치 양이 믿음직스럽다는 눈으로 나를 쳐다봤다. 마, 맡겨줘. 그 기대감이 약간 압박이 되긴 하지만, 나는 방금 번뜩인 생각에 자신이 있었다.
"……욘텐도 랜드, 가보지 않을래?"
"아아…… 과연."
내 말에 미즈사와가 바로 반응했다. 내가 무슨 의도로 제안했는지 전부 이해한 듯하다. 역시 **미즈사와**다.
"욘텐도……라면, 브레인이 좋아하는 어패를 제작한 회사지?"

미미미가 말하자 키쿠치 양도 내 의도를 알아차린 모양인지 눈을 크게 떴다.

"그게…… 설명하려면 시간이 조금 걸릴 것 같은데……."

그래서 나는, 물론 히나미의 비밀을 언급하지 않는 범위 내에서 의도를 설명해나갔다.

"히나미가 게임을 좋아하는 건 알고들 있지? 그리고 실은 걔가 버릇처럼 말하는 '귀정'도 게임에서 유래했고……."

"어, 그랬어?"

미미미가 묻자 나는 고개를 끄덕였다.

"그래서 얘기를 해봤더니 실은 어패도 꽤나 좋아하는 것 같더라고."

"아? 그랬던가?"

나카무라도 고개를 갸웃거렸다. 아, 이런. 나카무라가 히나미에게 어패 이야기를 했더라도 이상하지 않다. 만약에 히나미가 모르는 척했다면 이 이야기의 앞뒤가 미묘하게 안 맞는 것 같은 느낌이 들지도 모른다. 그러고 보니 나카무라와 어패로 대전한 직후에 히나미가 전혀 플레이한 적 없다는 설정으로 연기한 것 같기도 하다.

"저~기, 뭐, 최근에 시작했나 봐? 근데 꽤 푹 빠진 것 같더라."

"아~……. 뭐, 후미야한테는 그런 얘기를 하기 쉬울 것 같긴 하네. 왜냐면 예비 프로 게이머이니까."

"오, 그래. 그런 느낌."

내 비밀을 전부 알고 있는 미즈사와가 말을 적절히 보태줬다. 그가 아군이 되어주니 마음이 든든하다.

"그래서 언리미티드 스페이스 재팬, 즉 USJ의 욘텐도 랜드가 좋을 것 같아. ……자, 여기!"

나는 언젠가 가고 싶어서 조사했던 검색 이력을 뒤져서 스마트폰 화면을 모두에게 보였다.

그러자 나카무라가 "오오……" 하고 감탄을 흘렸다.

마치 게임 세상을 현실에 고스란히 구현한 듯한, 게임을 좋아하는 사람이라면 누구나 가고 싶어 하는 완성된 세계관. 게임 속 캐릭터와 접촉해볼 수도 있고, 레이싱을 즐기거나 세계를 돌아볼 수도 있는 등 게임 속에 빠져든 것 같은 놀이를 실제로 체험할 수도 있다.

적어도 욘텐도를 좋아하거나, 혹은 어패를 사랑하는 사람이라면 이 이미지를 보기만 해도 흥분되는, 실제로 내가 그랬던 테마파크다. 그곳이 바로 욘텐도 랜드다.

"오오! ……생각했던 것보다 굉장해."

미미미가 압도되었다.

"여기, 최근에 개장했지!"

이즈미의 목소리가 들떴다.

"그러고 보니 이거 생긴 뒤로 USJ에 가본 적이 없네. 재밌을 것 같긴 하군."

나카무라도 동조하듯 말하자 의견이 모이는 것 같은 느낌이다. 왠지 평소보다 말수도 많아진 것 같고, 꽤나 반짝이는 눈빛으로 이 이미지를 쳐다봤다. 나카무라도 어지간히도 게임을 좋아하네.

"저, 저도 괜찮을 것 같아요! 뭐라고 해야 좋을까……. 히나미 씨가 아주 기뻐할 것 같아서."

"USJ 가고 싶은뎁쇼?!"

키쿠치 양은 다른 사람보다도 한 걸음 깊숙이 내 의도를 이해해준 것 같다. 그리고 타케이는 다른 사람보다도 세 걸음 얕게 이해해준 것 같다. 음, 보아하니 문제는 없을 것 같다.

"조, 좋아, 그럼 여길 가도록 할까?"

내가 제안했다.

"어딜 갈지 계속 의논해봤자 끝도 없을 것 같으니 괜찮지 않을까? 이의 있는 사람!"

"없~음." "없어요." "어, 없습니다!"

미즈사와가 외치자 이런 분위기에 익숙지 않은 키쿠치 양을 포함하여 몇몇 사람들의 목소리가 모아졌다. 이렇게 여행지가 정해졌다.

"좋았어! 그럼 아오이 버스데이 대작전, 목적지는 오사카의 USJ! 욘텐도 월드에서 아오이를 기쁘게 해주자 화에서 만나요!"

미미미가 미미미어(語)를 사용하면서 분위기를 띄웠다. 주변에서 환호성과 박수, 휘파람을 보냈다. 호들갑을 떠는 목소리도 들렸다. 참고로 손가락으로 휘파람을 분 사람은 나카무라였다. 그런데 어째서 저런 거친 리얼충들은 하나같이 손가락으로 휘파람을 불 줄 아는 거지? 유전이라도 되는 건가?

"크으~, 잘 됐다, 잘 됐어! ……근데 역시, 브레인은 아오이를 잘 아네!"

"어, 어어, 뭐."

미미미의 그 한 마디에 조금 동요하기도 하고, 키쿠치 양과 미즈사와에게 눈짓도 보내면서 회의를 진행해나갔다.

* * *

그로부터 약 한 시간 뒤.

"좋았어, 얘기가 대강 마무리됐네!"

미미미가 수수께끼의 어벙한 캐릭터가 잔뜩 낙서 된 의사록을 노트에 옮겨 적으면서 회의를 정리해나갔다.

"우선은 도쿄역에서 집합하여 신칸센을 타고 오사카로. 물론 사전에 우리들끼리 티켓을 미리 끊어두고, USJ에 놀러 간다!"

"그러고 보니 아오이의 티켓을 누가 구입할지 정하질 않았네."

미즈사와가 지적하자 타마 짱이 손을 들었다.

"아, 그럼 내가 사둘게!"

"오오, 그럼 부탁 좀 할게."

그런 느낌으로 역할을 정해나갔다. 미미미가 정리된 의사록을 다시 읽어나갔다.

"그 다음에 USJ 인근 호텔에 묵고, 거기서 서프라이즈 파티! 아오이는 펑펑 운다!"

"엄청 대강인데……."

"브레인은 꼬치꼬치 따지지 마!"

그때 이즈미가 "아, 한 가지 질문!" 하고 손을 들었다.

"예, 귀여운 유즈 짱!"

"저녁은 뭘 먹나요?! 기왕이면 아오이가 기뻐할 만한 음식이 좋지 않을까 싶은데!"

그러자 미미미가 갑자기 말을 더듬기 시작했다.

"아~, 으음……."

그러고는 타마 짱을 힐끗힐끗 쳐다보고 시작했다.

"어험! 음, 뭐라고 해야 좋을까. ……그 부분은 우리한테 맡겨두도록!"

"어? ……앗. 라, 라저!"

이즈미가 무언가 깨달은 것처럼 말하고는 더 따지지 않고 질문을 마쳤다. 뭐, 방금 반응을 보니 지나치게 캐묻지 않는 편이 나을 것 같다. 그리고 저녁을 맡겨두라는 소리는……, 미미미 팀이 준비한 서프라이즈가 저녁과 관련이 있는 거겠지. 과연.

그렇다면 아마도, 아니, 거의 확실히 미미미 팀이 준비한 서프라이즈는 치즈와 관련이 있겠지. 아오이가 치즈를 좋아하는 건 틀림없는 진리이니 말겨두도록 하마.

어느덧 저녁이 되었다.

"실례했습니다!"

여러 사안을 그럭저럭 마무리한 뒤 후반부에는 주로 게임이나 트럼프, 보드게임으로 시간을 보내면서 이번 회의를 마쳤다. 나는 현관에서 여동생과 엄마와 함께 멤버들을 배웅했다.

"여러분!! 또 오세요!!"

"응. 또 올게, 잣키~!"

"예!"

아마도 동경하는 선배일 이즈미가 대답을 해주자 여동생이 기뻐했다.

엄마는 여동생과 의논을 속닥속닥 하고서는 눈빛이 확 바뀌어 고개를 끄덕였다. 대체 무슨 이야기를 나눈 건지.

제각기 인사를 마치고서 모두들 현관 밖으로 나갔다. 나와 여동생과 엄마가 현관에 남겨졌다. 참고로 나는 아직도 현관문 쪽을 쳐다보고 있다. 그런데 뒤에서 엄청난 시선이 느껴졌다.

"근데 오빠……."

"후미야……."

"아, 예……."

쭈뼛쭈뼛 대답하면서 뒤를 돌아보니 호기심의 귀신으로

변한 두 사람이 있었다.
"대체 언제 여친이 생긴 거야?!"
"후미야, 왜 말을 안 해준 거니?! 게다가 저렇게나 귀여운 여자애를!!"
"맞아!! 어떻게 오빠한테 저렇게 귀여운 여친이 생긴 거야?!"
"뭔가 나쁜 짓을 저질렀다면 뭐든지 말해보렴! 후미야, 자수할 생각이라면 이 엄마가 따라가 줄 테니까!"
의미를 알 수 없는 말들이 쏟아지나 나는 넌더리가 났다.

* * *

그날 밤.
스마트폰으로 USJ와 욘텐도 월드를 검색하고 있으니…….
"……아."
사전에 연락해뒀던 아시가루 씨가 라인 답장을 보냈다.
나는 화면을 탭하여 내용을 확인했다.

[그렇군, 사정은 알겠어. 내 후배 중에 게임 프로그래머가 있는데 얘기나 한 번 해볼래? 일요일 오후라면 거의 시간을 맞출 수 있을 거야.]

"진짜 고맙네……."

역시 유명 프로게이머라고 해야 하려나. 이렇게까지 일이 잘 풀릴 줄이야. 어쩌면 내가 nanashi라서 편의를 봐줬을 가능성도 있겠지만, 어쨌든 고맙기 그지없다.

나는 곧장 서프라이즈 팀의 라인 단체방에 그 사실을 전했다. 참고로 이 단체방은 미즈사와가 효율적이라는 이유로 제안하여 만들어줬다. 역시 인생을 게이머로서 효율적으로 공략하고 있는 미즈사와답네.

그러자 잠시 뒤 두 사람이 메시지를 보냈다.

[일요일이라면 난 내일이나 다다음주가 비어 있어.]

[전 언제든지 괜찮아요!]

"흠."

그렇다면 일정을 맞출 수 있는 내일이나 다다음주 일요일이 좋을 것 같다.

뭐, 히나미의 생일까지 앞으로 한 달쯤 여유가 있긴 하지만……, 만약에 게임을 제작하기로 이야기가 진행된다면 제작 기간을 고려했을 때 다다음주에 만나는 건 너무 늦은 감이 있다.

그런고로.

나는 두 사람과 상의하여 최대한 가까운 시일에 일정을 잡겠다고 아시가루 씨에게 메시지를 보냈다.

그러자 십여 초 뒤에 바로 답장이 왔다.

[그럼 내일 15시, 이타바시 역에서 만나는 게 어때?]

"그럼 그날 뵙도록 하겠습니다……, 송신."

바로 답장을 보내주다니 왠지 일 잘하는 어른 같은 느낌이 들어서 멋진걸. 답장을 보낸 뒤 스마트폰 화면을 끄고서 충전기에 연결했다. 그러고는 앉아 있던 의자 등받이에 몸을 푹 기댔다.

나는 지금 히나미에게 거절당한 상태다.

그러나…… 그럼에도 그 녀석을 기쁘게 해주기 위해서 평소보다 시간을 더 들이고 있다.

대체 이유가 무엇인지 스스로도 잘 모르겠다.

나는 제2피복실에서 대화를 나누던 히나미와 모두가 바라보는 히나미의 상(像)을 떠올렸다.

여태껏 나는, 히나미가 반에서는 플레이어 히나미 아오이로서 캐릭터인 히나미 아오이를 조작하고 있지만, 내 앞에서만은 그 가면을 벗고서 플레이어로서 캐릭터의 세계에 내려와 나와 대화를 해주고 있다고 여겼었다.

근데 실은 그게 아니었을지도 모른다.

그 녀석이 사람들이 있는 곳에서도, 제2피복실에서도.

한 단계 위의 차원에서 플레이어 히나미 아오이로서 NO

NAME이라는 캐릭터에게 컨트롤러를 쥐어줬을 뿐이라면.
그 녀석의 형식이 아닌 진심은——.
퍼펙트 히로인도, NO NAME도 아닌 히나미 아오이는 어디에 있는 걸까.

* * *

그리고 이튿날 일요일.
나는 키쿠치 양과 미즈사와를 데리고 이타바시에 와 있었다.
이타바시는 지난번에 나와 히나미가 둘이서 방문했던 역……, 다시 말해 아시가루 씨가 사는 곳이다.
"어디 보자, 아, 저기다."
나는 아시가루 씨가 지정한 카페를 발견하고서 두 사람을 안내했다.
"그 아시가루? 라는 사람은 프로게이머지? 게임으로 밥을 먹고 사는."
"그렇지."
"……오호. 독특한 인생이네."
"뭐…… 레일에서 한참 벗어나 있을지도 모르지. 나도 그 직업을 목표로 삼긴 했지만."
"하하하, 그랬었지."
미즈사와가 아직 만나본 적도 없는 사람에게 흥미를 보

이다니 희한하네, 하고 생각하면서 나는 횡단보도를 건너 카페 입구에 도착했다. 안으로 들어가니 아시가루 씨가 아직 오지 않은 것 같았다. 그래서 일단 먼저 자리에 앉아 있기로…….

"여기, nanashi군."

"으앗?!"

누군가가 뒤에서 부르자 나는 펄쩍 뛰었다. 돌아보니 그 목소리의 주인은 아시가루 씨였다. 아마도 우리와 거의 동시에 카페에 도착한 듯하다.

"아, 좀, 왔으면 말을 해줘야죠."

"아니, 그래서 지금 말을 건 건데?"

"……그렇긴 하네요."

내가 일 초도 안 돼서 논파 당하자 미즈사와와 키쿠치 양이 키득키득 웃었다.

상황을 재빨리 파악한 미즈사와가 평소처럼 웃으며 아시가루 씨와 마주했다.

"처음 뵙겠습니다. 후미야의 친구인 미즈사와 타카히로입니다."

"후미야라면……, 아아, nanashi군 이름이었지. 난……, 게이머가 아닌 사람한테 이 호칭을 밝히는 게 좀 부끄럽긴 하지만, 아시가루라는 이름으로 활동하고 있어. 잘 부탁해."

"예. 오늘은 서프라이즈 건은 물론이고, 가능하다면 다양한 이야기를 듣고 싶습니다. 잘 부탁드립니다."

"음……. 그래, 알겠어."

미즈사와가 유창하게 말을 늘어놓았다. 아시가루 씨 앞에서도 평정심을 잃지 않고, 오히려 주도권을 살짝 쥐고 있는 것처럼 보였다. 그 커뮤니케이션 스킬을 어디서 익힌 거야? 수상쩍은 아르바이트를 하고 있다는 소문이 사실인가.

"으~음, 저쪽에 있는 여자애는?"

아시가루 씨가 왠지 말을 돌리듯이 키쿠치 양을 쳐다봤다.

키쿠치 양이 망설이듯 나를 힐끗힐끗 보고 있다. 으음, 뭐, 지금 키쿠치 양은 아마도 그런 생각을 하고 있겠지? 응, 키쿠치 양에게 그런 면이 있다는 걸 이미 알고 있으니까, 응.

그래서 나는 손바닥으로 키쿠치 양을 가리키며 말했다.

"저기, 일단 이름은 키쿠치라고 하고…… 제 여친입니다."

"에엥?!"

아시가루 씨가 평소답지 않게 큰소리를 냈다. 키쿠치 양은 얼굴이 새빨개진 줄…… 알았더니만 만족스러운 듯 고개를 살짝 끄덕였다. 이런, 키쿠치 양이 이런 상황에 점점 익숙해지고 있다. 평생 부끄러워해 줬으면 좋겠는데.

"네가 nanashi군의……. 그렇군. 잘 부탁해."

"키, 키쿠치입니다! 저기, 그게……, 자, 잘 부탁드립니다."

막상 인사를 하려고 하니 다시 긴장됐는지 키쿠치 양이 말을 더듬으며 고개를 숙였다. 아시가루 씨가 어른스럽게 웃었다.

"그럼 일단, 저쪽에 앉도록 할까."

"아, 예!"

나는 아시가루 씨를 따라가면서 궁금했던 것을 물어봤다.

"저기…… 프로그래머 분은?"

그렇다. 오늘은 오리지널 게임과 관련하여 아시가루 씨가 아는 게임 프로그래머와 만나기로 했다. 그런데 현재 그 모습이 보이지 않는다.

"실은 그 친구한테 30분 뒤에 만나는 것으로 알려뒀어. 여하튼 무슨 내용인지 통 짐작할 수가 없어서 일단 내가 먼저 얘기를 들어보는 편이 나을 것 같아서 말이야."

"아…… 그렇군요."

뭐라고 해야 좋을까? 어른스러운 대응이라고 해야 할까, 여러 측면을 고려할 줄 아는 사회인의 균형감이 느껴진다. 프로게이머는 게임만 잘하면 되는 직업이 아니니 그런 스킬도 갖추고 있는 거겠지.

자리에 앉은 지 몇 분 뒤 각자 음료수를 주문하고서 우선은 자연스럽게 잡담을 나누기 시작했다.

"그나저나 의외였어."

"의외라니 뭐가 말입니까?"

내가 아시가루 씨에게 되묻자 그가 미즈사와와 키쿠치 양을 보며 대답했다.

"nanashi군의 친구랑 여친이 이런 느낌이구나 싶어서."

"하하하, 이런 느낌이라니 그게 무슨 느낌입니까?"

아시가루 씨가 천연덕스럽게 말하자 미즈사와도 천연덕스럽게 대답했다. 누가 더 천연덕스럽나 대결을 벌이고 있다.

"뭐라고 해야 할까, 뭐, 게이머스럽지는 않지."

"아~, 그건 그럴지도 모르겠네요. 그보다도……."

미즈사와가 평소에 나와 대화를 나눌 때보다 살짝 연기하는 투로 말을 이었다.

"인생을 게임이라고 생각하고 있는 타입인지라."

그러자 아시가루 씨가 흠, 하고 생각에 잠겼다.

"과연. 그거 재밌는 말이군. 그리 생각하니 게이머는 게이머이지만, 게이머가 아닌 사람은 다른 것에 정성을 쏟고 있으니 모든 사람은 게이머라고 할 수도 있으려나."

"예? 아아…… 그럴지도 모르겠네요."

"아니, 뭐, 규칙과 결과가 있다면 뭐든 게임이라고 할 수 있을 테니까요."

"오, 후미야도?"

아시가루 씨와 내가 느닷없이 논리를 전개해나가자 미즈사와가 벙찐 표정을 지었다. 뭐, 걸핏하면 복잡하게 분석하는 것이 게이머의 습성이다. 참고로 키쿠치 양은 내 모습을 흐뭇하게 바라보고 있었다. 마음이 참 넓다.

"오래 기다리셨습니다~."

바로 그때 주문한 음료수가 나왔다.

"미안, 미안, 얘기가 이상한 쪽으로 흘러갔네. ……그나

저나 게임을 제작하고 싶다고 했지?"

그리하여 이야기가 본론으로 들어갔다.

* * *

"과연, 게임을 선물로……."

내가 한바탕 설명하자 아시가루 씨가 눈앞의 컵에 입을 대면서 중얼거렸다. 참고로 그는 핫코코아를 마시고 있다. 조금 의외다.

"예. 그게 가장 좋을 것 같다고 의견이 모아져서."

"응. 뭐, 얘기를 들어보니 게임이 제대로 완성된다면 그 사람이 기뻐해 줄 것 같다는 느낌이 전해지긴 하는데……."

"예."

내가 맞장구를 치자 아시가루 씨가 평소처럼 왠지 혼잣말을 하는 것 같으면서도 다 통하는 목소리로 말했다.

"보통, 그렇게까지 하나?"

"하하하! 그건 그렇죠!"

아시가루 씨가 화염구를 직접 던지자 미즈사와가 웃었다.

"아니, 뭐, 보통은 안 하죠……."

나도 조금 뒤늦게 수긍했다. 듣고 보니 그 말이 맞다. 동급생의 생일을 축하해주려고 굳이 프로에게 의뢰하여 오리지널 게임을 제작하는 건 흔한 일이 아니겠지. 연인이 상대일지라도 너무 과해서 질색하지 않을지 걱정해야 할 수준이 아닐까.

“그럼 그만큼 상대가 특별하다는 건가? 아니면 미즈사와 군처럼 반에서도 눈에 띄는 애한테 그 정도쯤은 보통인가?”

“하하하! 그게 뭔 소리예요.”

“아니, 난 아마도, 만약에 미즈사와 군이랑 고등학교 동급생이라고 해도 친구로 어울려 지낼 만한 타입이 아니니까…….”

아시가루 씨가 농담과 진심이 반쯤 섞인 듯한 투로 말하자 미즈사와가 유쾌하게 훗, 하고 웃었다.

“아시가루 씨는 솔직하네요.”

“뭐, 연상이 배려한답시고 겉치레 말을 늘어놓아봤자 대화하기 어렵잖아?”

“예. 이러는 편이 대화하기 편해요.”

아시가루 씨와 허물없이 대화를 술술 나누는 미즈사와가 왠지 즐거워 보였다. 아마도 아시가루 씨를 재밌는 사람이라고 여기는 듯하다. 뭐, 어쩐지 만나기 전부터 약간 흥미를 보이더라. 이렇게 조금 유별난 사람을 좋아하는 걸까? 돌이켜보니 나 때도 나더러 별난 녀석이라느니, 자기는 아군이라느니 하면서 느닷없이 접근해왔었지.

“뭐, 우리 같은 그룹에서도 보통은 안 해요, 이렇게까지.”

“아, 그렇군. 그럼 왜 이번에는?”

“음~. 아시가루 씨, 상대가 특별하냐고 물었죠?”

“물었지.”

미즈사와가 주문한 아이스커피를 빨대로 휘젓자 얼음이 카랑카랑 소리를 냈다.

"축하해주고 싶은 애가 여자인데 전 그 애를 좋아해요."

또 시원하게 말했다.

아주 최근에 그 말을 들은 적이 있는데도 나와 키쿠치 양은 어깨를 흠칫 떨고 말았다. 아니, 이런 말은 몇 번을 들어도 익숙해지지 않잖아.

"오호. 그래?"

그러나 아시가루 씨가 생각보다 태연한 투로 대꾸했다. 미즈사와가 왠지 아쉬워하는 눈치였다. 야, 역시 놀래주려고 일부로 내뱉은 거냐? 그런 식으로 초면인 사람을 놀래지 마.

"미즈사와, 굳이 거기까지 말할 필요는 없잖아?"

"근데 하면 안 되는 말도 아니잖아?"

"뭐, 그렇긴 하지만……."

그렇다고 해서 굳이 말해야하는 이유도 잘 모르겠다. 용케도 그런 말을 마치 숨 쉬듯이 여러 번이나 내뱉는군요. 나에게는 모든 MP를 소모해야만 구사할 수 있는 마단테(게임 드래곤퀘스트에 등장하는 주문) 같은 궁극 주문을 통상 공격처럼 연사하고 있다.

"그럼…… 둘은? 미즈사와 군의 연애 성취를 돕기 위해서?"

"아~, 꼭 그런 건 아니고요……."

나는 고개를 갸웃거렸다.

뭐, 누구나 그렇게 생각하겠지. 왜냐면 내가 키쿠치 양과 교제하고 있고, 축하해줄 상대가 여자애라면 짝사랑 중인 미즈사와를 응원하는 커플처럼 비치더라도 이상하지 않다.

"아니……, 뭐라고 해야 할까. 걘 저한테도 큰 은인이라고 해야 하나, 보답하려야 보답할 수가 없는 것을 받은지라……."

"흐응……."

"그럼, 키쿠치 양는?"

"아, 예!"

좀처럼 대화에 끼지 않던 키쿠치 양에게 묻자 그녀가 당황하면서도 대답했다.

"저기, 전…… 그 아이한테, 해서는 안 될 짓을 저질러서…… 속죄를 해야만 하는데, 그래서 기쁘게 해주고 싶다는 마음이라고 해야 할까요."

"……그렇군."

우리 이야기를 한바탕 들은 아시가루 씨가 이윽고 복잡한 표정을 짓더니…….

"즉 그 아이는…… 엄청 많은 것들을 짊어지고 있는 여자애구나……?"

그 짐작은 우연이겠지만 핵심에 제대로 적중했다.

* * *

그리고 수십 분 뒤.

"오, 왔네. 이야, 오늘 와줘서 고마워."

"아아~, 안녕하세요. 아시가루 씨."

아시가루 씨의 후배라는 남성 프로그래머가 도착하자 그가 의자에서 일어나 인사했다. 그래서 우리도 덩달아 일어섰다.

"저 친구는 엔도 군. 게임 제작회사에서 근무하고 있고……, 욘텐도의 소프트 제작 업무의 일부를 하청받은 적도 있대."

"맞아요, 안녕, 처음 뵙겠어요."

20대 중반쯤으로 보이는 엔도 씨는 검은 단발에 안경을 썼고, 흰 와이셔츠에다가 청바지를 입고 있다. 이른바 크리에이터다운 간소한 차림이지만, 짧은 머리와 슈트 차림이 말쑥해 보이는 것이 청량감이 흘러넘치는 남성이라는 인상이 느껴졌다. 첫인상을 말하자면 일을 잘할 것 같다고 할 수 있으려나?

표정이 늘 부드럽고, 입꼬리가 올라간 것이 인상적이다.

"으음, 우선은 이쪽이 소문이 자자한 그 nanashi군."

아시가루 씨가 왠지 의미심장하게 소개해서 나는 고개를 꾸벅 숙였다.

"처음 뵙겠습니다. 저기, nanashi, 이름은 토모자키 후미야라고 합니다."

나는 아시가루 씨가 소개한 대로 닉네임만 밝혀도 될지 망설였다. 그러나 이번에는 히나미의 동급생 토모자키로서 의뢰하는 것이므로 본명으로도 자기소개를 하기로 했다.

"아아~, 네가 nanashi군. 이야기는 많이 들었어요. 엔도입니다. 프로그래머로 일하는 틈틈이 혼자서 게임 어플도 제작하고 있어요."

들었다니, 대체 뭘 들었다는 거지……. 신경이 쓰였지만, 뭐, 아시가루 씨가 나쁜 소리를 했을 리는 없겠지. 그래서 나는 스스로를 안심시키면서 고개를 꾸벅 숙였다.

"안녕하세요. nanashi, 후미야의 친구인 미즈사와 타카히로입니다."

아마도 오늘 처음 들었을 'nanashi'라는 닉네임을 스스럼없이 사용하며 정중하게 인사했다. 역시 이 녀석도 사회인 스킬이 높다. 정말로 고등학생 맞아?

"어, 저기! 후미야 군의…… 으음! 그게 아니고…… 키쿠치 후카입니다."

키쿠치 양이 미즈사와의 자기소개 형식에 맞춰 나와의 관계를 밝히려다가 굳이 언급할 필요가 없는 단어까지 선언할 뻔해서인지 말끝을 흐리며 인사했다. 내가 여친이라고 선언하는 건 점점 익숙해지고 있지만, 초면인 사람에게 내가 남친임을 선언할 만한 용기는 아직 없는 모양이다.

엔도 씨가 우리 세 사람을 둘러보고서 생긋 웃었다.

"다들 아주 풋풋하게 생겼는데……, 오늘 일 얘기를 하러 온 거 맞지요?"

"아, 예! 실은……."

우선은 내가 먼저 개요를 설명했다.

"이번에 친구를 위해 생일 축하 파티를 하기로 했는데요——."

나는 그 상대가 게임을 좋아하고, 특히 어패를 좋아해서 그와 유사한 오리지널 게임을 제작하고 싶다. 정말로 기쁘게 해주고 싶으니 완성도가 웬만큼 높았으면 좋겠다. 그래서 되도록 어패와 비슷하면서도 실제로 즐길 수 있는 게임을 제작하고 싶다고 설명했다. 참고로 이야기가 괜히 번거로워질 것 같아서 그 여자애가 Aoi라는 사실은 일단 덮어뒀다.

엔도 씨가 검은 가죽 커버가 씌워진 수첩에 내 말을 메모하고는 만년필 뚜껑을 닫고서 공백을 툭툭 두드렸다.

"그거, 꽤 어려운 주문이군요."

"여, 역시 그런가요?"

"참고로, 납기……가 아니라 그 애의 파티가 언제라고 했죠?"

"저기……."

"3월 19일입니다."

옆에서 미즈사와가 대답했다. 역시 히나미를 마음에 담아둔 남자답다. 생일 빨리 맞추기 퀴즈의 최강자다.

"으~음, 우선은 전제부터 말하겠는데……. 애당초 격투 게임을 제작하는 건 난관이 엄청 높아요."

"아~…… 역시 그렇겠죠."

나도 그럴 줄 알았다.

"예. 캐릭터 디자인과 모션, 효과음부터 게임 밸런스까지 완성하기까지 거쳐야 할 공정이 너무 많아서 혼자서 제작하는 건 상당히 어려운지라…… 적어도 한 달 만에 제작하는 건 절대로 불가능하지요."

"그런가요……."

그 말을 듣고 우리 세 사람의 표정이 가라앉았다.

"그렇기야 하겠지. 근데 엔도 군의 아이디어라면 그 난관을 어떻게든 극복할 수 있지 않겠어?"

"예? ……이거 곤란하게 됐네요."

아시가루 씨가 억지를 부리자 엔도 씨가 흠, 하고 생각에 잠겼다.

"죄, 죄송합니다. 억지를 부려서……."

"아뇨, 아뇨, 아시가루 씨는 늘 이러니까."

내가 말하자 엔도 씨가 익숙하다는 듯 대꾸했다.

"글쎄요……. 그럼 예를 들어 이런 건 어떻겠어요?"

돌파구를 찾은 것처럼 말하자 나는 무심코 몸을 앞으로 내밀었다.

"어패와 비슷한 스테이지와 캐릭터를 배치하고, 두 사람이 캐릭터를 조작하여 대전할 수 있게 한다. 캐릭터한테 충돌 판정을 부여하고, 상대방 캐릭터와 충돌한 순간……

액션 배틀이 아니라, 선택지를 화면에 띄운다.”

엔도 씨가 머릿속으로 구성하면서 떠듬떠듬 말했다. 나는 그것을 상상하면서 말을 곱씹었다.

“아…… 과연.”

상상해보니 RPG 혹은 파티게임 속 미니게임 중에 그와 비슷한 시스템으로 돌아가는 게임을 본 적이 있는 것 같다.

“뭐, 가위바위보 같은 느낌이 되겠지만, 각자 고른 선택지에 따라 승패가 결정되어 상대방한테 대미지를 가한다. 그 행동을 반복하여 상대를 쓰러뜨린다. ……그런 시스템으로 작동되는 어패‘풍’ 대전 게임이라면 제작이 꼭 불가능하지만은 않을 겁니다.”

“왠지…… 알 것 같아요.”

“그거 괜찮겠네. 그럼 격투 게임처럼 모션도 필요 없겠군. 아마도 캐릭터를 조작하고 충돌 판정을 판단하는…… 게임에서 빼놓을 수 없는 기초 부분만 제작하면 되려나.”

아시가루 씨가 확인하듯 묻자 엔도 씨가 고개를 끄덕였다.

“개인이 사적 용도로만 즐기는 게임이니 그래픽을 실제 어패에서 따와도 괜찮을 테고…….”

“하하하! 그거 아슬아슬해서 좋네요!”

대담한 제안에 미즈사와가 즐거워했다.

“그런 느낌으로 제작해나가면 한 달 안에 어떻게든 완성할 수 있을 것 같아요.”

그 말에 키쿠치 양의 표정이 확 밝아졌다.

"그, 그런가요! 다행이네요!"

모든 것이 원만하게 해결되는 느낌으로 이야기가 마무리되어 갔다. 그런데 나는 위화감이 약간 들었다.

"저기…… 확실히, 잘 되긴 했는데……."

"후미야, 넌 뭔가 아닌 것 같아?"

내가 미적지근하게 반응하자 미즈사와가 물었다.

그래서 나는 아직 단어로 표현하지 못한 위화감의 윤곽을 더듬듯이 말했다.

"그게 말이야……. 난, 게임을 구성하는 두 가지 큰 요소가 있다고 생각하는데."

"오호, nanashi군의 게임론? 재밌을 것 같네."

아시가루 씨가 나를 물끄러미 쳐다봤다.

"아하하, 허들을 너무 높이지 말아줬으면 좋겠는데……."

"후미야, 기대한다."

"이 녀석……."

두 사람이 놀리듯 쳐다봤지만, 나는 말하면서 생각을 다듬어나갔다.

"게임은 시스템이나 룰 같은 내적 부분과 캐릭터나 UI 같은 외적 부분으로 나뉘잖아요?"

"그렇죠."

"과연. 그렇지."

"왠지 알 것 같기도……?"

"으음, 무슨 뜻일까요……?"

엔도 씨와 아시가루 씨, 미즈사와와 키쿠치 양이 각각 말했다. 반응을 보아하니 게임에 얼마나 조예가 깊으냐에 따라 이해도가 전혀 달라지는 듯하다. 흠, 그럼 키쿠치 양에게 맞춰서 설명해야겠네.

"예를 들어 어패는 지상과 공중에서 각 방향으로 기술을 시전하여 상대한테 대미지를 입히면 상대를 크게 날려버릴 수 있고, 결국 상대 캐릭터를 장외로 격추하면 승리에 가까워지는 시스템과 룰로 구성되어 있잖아?"

"아, 예."

키쿠치 양이 눈을 치뜨면서 내 이야기를 열심히 들어주고 있다. 아마도 우리 집에서 했던 어패를 떠올리고 있겠지.

"근데 말이야. 그와는 별개로…… 예를 들어 닌자 캐릭터 파운드도 있고, 여우 캐릭터 폭시도 있고, 도마뱀 캐릭터인 리자드까지 겉모습이 각기 다른 캐릭터들이 있어. 하지만 그건 시스템이나 룰과는 전혀 관계가 없잖아?"

"으음…… 그런가요?"

과연, 감을 잡지 못한 포인트가 그 부분인가? 그럼 어떻게 설명해야 좋담.

궁리하고 있으니 옆에서 아시가루 씨가 말을 보태줬다.

"예를 들어서…… 파운드는 파란색 막대인간, 폭시는 빨간색 막대인간, 리자드는 녹색 막대인간으로 모습이 바뀌었다고 치자. 근데 게임 시스템이나 룰 자체는 하나도 바뀐 게 없지?"

"아, 그렇군요! 캐릭터 모습은 바뀌었지만, 대미지를 가해서 쓰러뜨리는 게임인 건 변함없죠!"

어른이 쉽게 비유하여 설명하자 키쿠치 양이 이해해줬다.

"근데 그게 뭐 어쨌다고?"

미즈사와가 고개를 갸웃거렸다.

"으~음, 그게 말이야. 내가 아는 한……."

그리고 나는 히나미와 안면을 튼 뒤로 그녀가 했던 말들을 떠올리면서 말했다.

"히나미는 게임 외적 부분보다는 룰이나 시스템을 중시하는 타입이야."

내가 말하자 미즈사와가 놀랐는지 눈을 끔뻑끔뻑거렸다.

나와 교분을 맺은 뒤로 일관해온 NO NAME의 사고방식.

심플하면서도 심오한 규칙을 가진 게임은 갓겜. 그래서 그 녀석은 인생이라는 게임을 갓겜이라고 판단했고, 얼핏 어린이용으로 보이는 부잉의 재미도 이해하고 있으며…… 파티게임인 어패가 심오하다는 것도 알아차렸다.

"그래서…… 겉모습만 어패와 유사하고, 내용은 전혀 다른 게임이라면 아마도 히나미는 그 내용물……, 룰 쪽에 관심을 더 가질 겁니다."

나는 무심코 히나미라는 이름을 연거푸 입에 담았다는 사실을 깨닫고서 아시가루 씨에게 "아, 히나미란 생일을 맞이하는 그 애 이름인데……" 하고 설명했다. 너무 흥분했나 보다.

그러자 아시가루 씨가 고개를 천천히 여러 번 끄덕이고서 입을 열었다. 엔도 씨는 아시가루 씨가 어떻게 반응할지 살피듯 지켜봤다.

"과연……. 하지만 그런 타입이라면, 어렵겠네."

"……그렇게 되겠죠."

그렇다. 그 녀석이 게임의 룰을 중시하는 타입이라면.

외적 요소로 눈속임을 할 수가 없으니 앞으로 약 한 달 만에 게임으로서 완성도가 높은 내용물, 다시 말해 '심플하면서도 심오한 규칙'을 완성해야만 한다.

"그래픽은 다른 게임의 것을 따오는 꼼수로 넘길 수 있다고 해도 시스템 부분은 어렵겠군요. 격투 게임이라면 더더욱."

"그렇겠지."

아시가루 씨가 고개를 끄덕였다.

"근데 후미야. 게임을 제작할 때는 어느 정도 타협할 수밖에 없지 않나? 내 경험상, 이렇게까지 서프라이즈에 공을 들인다면 마음이 꽤 전해질 걸?"

현실을 냉정하고 보고 있는 미즈사와가 나를 타이르듯 말했다. 분명 그 말이 맞다. 히나미가 게임의 시스템이나 룰을 중시하더라도 애당초 그 녀석은 어패를 좋아한다. 게임 자체를 좋아한다면 플레이를 하다가 자연스레 캐릭터 자체에도 애착이 생기기 마련이다.

그런 의미에서 차선책으로 캐릭터만 빌려오고, 시스템은 현실이 허락하는 수준에서 타협을 볼 수도 있겠지.

"한 달밖에 남지 않았죠……."

키쿠치 양도 미즈사와의 의견에 동감인 모양이다. 아니, 그보다도 히나미가 게임에 관해, 혹은 '룰'에 관해 말하는 모습을 본 적이 없어서 와 닿지가 않는 거겠지.

그 녀석이 얼마나 '룰'이나 '구조' 그 자체에 구애되고 편애해왔는가.

그것을 모른다면 룰이 가장 중요하다는 사실을 이해할 수가 없겠지.

"그러네……."

그래서 나는 생각했다.

내가 알고 있으니 무조건 자신이 옳다고 주장해서는 안 된다. 내 제안을 모두에게 관철하고, 상대가 알아볼 수 있도록.

즉 히나미 아오이의 방식으로 히나미 아오이를 기쁘게 해주기 위해서.

게임을 이루는 본질과 외양.

구체적으로 예를 들자면 룰과 그래픽.

히나미를 기쁘게 해주기 위해서, 최고의 생일을 보낼 수 있도록…… 즉 내가 하고 싶은 것을 완수하기 위해서. 지금 수중에 있는 실마리들을 바탕으로 가장 현실적이면서도 유효한 아이디어를.

만약에 가능하다면 내 방식으로.

즉 전제를 바꿔도 된다면…….

"……아."

내 머릿속에서 어떤 생각이 번뜩였다.

"nanashi군, 뭔가 떠올랐어?"

아시가루 씨가 나에게 말했다.

그래서 나는 심호흡을 하고는.

"죄송합니다. 아까 전부터 해왔던 이야기를 뒤집는 것 같아서 미안하긴 한데……."

히나미가 좋아하는 또 하나의 게임을 떠올리면서 말했다.

"——슈팅 게임이라면 어떨까요?"

내가 제안하자 엔도 씨와 아시가루 씨가 어리둥절해했다.

"글쎄요……. 심플한 2D 슈팅게임이라면 작업량을 꽤 줄일 수 있긴 하겠지만……."

엔도 씨가 단어를 고르며 말했다.

"정말입니까!"

"하지만 왜 하필 슈팅게임?"

아시가루 씨가 묻자 나는 어디서부터 말해야 좋을지 고

민했다.

"저기, 실은 그 아이한테는…… 어패만큼이나 애정이 있는 게임이 있어서."

내가 말하자 미즈사와와 키쿠치 양이 어리둥절해했다. 그야 어쩔 수 없다. 왜냐면 두 사람에게 히나미 이야기를 하면서 그런 사소한 내용까지는 밝히지 않았으니까.

"그 애정이 있다는 게임이, 슈팅?"

나는 고개를 끄덕였다.

"「돌격! 난사 부잉」이라는 게임인데."

역시나 미즈사와와 키쿠치 양이 또 어리둥절해했다. 그런데 아시가루 씨가 눈빛을 반짝였다.

"오오! 부잉이라! 센스가 제법 괜찮은 여자애네!"

프로게이머 아시가루 씨는 역시나 부잉도 아는 모양이다. 아시가루 씨가 추억을 더듬듯 위를 쳐다보면서 감상에 젖어 말을 이었다.

"게임성도 좋고 스토리도 좋았지……. 그게…… 뭐였더라? '귀신같이 정확하다! 귀정!'이라는 대사를 읊는 부잉이 귀여웠었지."

"""귀정?!"""

대단히 드문 일인데, 미즈사와와 키쿠치 양이 완전히 한 목소리로 놀랐다.

"어, 왜…… 뭐야?"

두 사람이 놀라자 아시가루 씨도 놀랐다. 뭐, '귀정'이라는 단어에 두 사람이 동시에 놀랐다. 고등학생 히나미를 모른다면 전혀 의미를 알 수 없는 상황이긴 하지.

미즈사와가 내 쪽으로 몸을 홱 내밀었다.

"'귀정'이 유래한 게임이 그 슈팅게임이야?"

"어, 그거야. 귀정."

"후미야, 그거 깬다."

내가 손가락을 척 내밀며 말하자 미즈사와가 툭 튕겼다. 너무해.

"후미야 군, 그거라면 먹힐 것 같아요!"

키쿠치 양도 굉장히 기뻐해줬다. 히나미와 대화를 별로 나눠보지 못한 키쿠치 양에게도 히나미하면 귀정이라는 인식이 물들었구나 싶어서 순간 놀랐다. 그런데 돌이켜보니 그 녀석은 선거 연설을 할 때도 그 단어를 태연히 사용했다. 그건 아무리 생각해도 지나치긴 했지.

"가능성이 있지?"

내가 말하자 두 사람도 고개를 끄덕였다. 서로들 반응을 확인했다. 그리고 아시가루 씨는 우리 셋의 모습을 아주 의아하게 보고 있었다.

"그 여자애하면 '귀정'이라는 이미지가 어지간히도 침투했나 보군……."

아시가루 씨가 말하면서 쓴웃음을 짓자 우리는 자신 있

게 "예!" 하고 대답했다.

＊ ＊ ＊

그로부터 게임의 방향성을 어떻게 잡을지 한동안 의논하고 이미지를 공유했다.

우리의 교섭은 절정부……라기보다는 가장 중요한 대목이라고 할 수 있는 턴으로 돌입했다.

"역시…… 그 부분을 빼놓을 수가 없겠죠."

"그렇지요."

내가 말하자 엔도 씨가 온화하게 웃으면서도 확고한 눈빛으로 수긍했다.

"우리도 프로로서 일하는 거니…… 보수를 받아야지요. 시간을 쓰는 거니까."

그렇다. 돈 문제다.

지인의 지인이라고 해도 상대 역시 프로로서 밥벌이를 하고 있다. 우리의 의뢰를 수행하는 동안에는 다른 일을 할 수가 없게 된다. 그렇다면 그 손실을 충당할 만한 돈을 지불하는 것이 우리의 당연한 책임이라고 할 수 있다. 물론 우리도 사전에 그 부분을 공유하고 각오했다.

"하지만 이번에는 아시가루 씨의 지인이 부탁한 일이고, 상업용 게임 수준으로 제작하는 것도 아니니 평균 의뢰비보다 낮출 생각이긴 해요."

"저, 정말입니까."

"예. 상대가 고등학생이기도 하니까요. 뭐, 예산이 얼마나 되는지도 고려해봐야겠지만……."

"그, 그렇겠죠."

나는 익숙지 않은 대화가 이어지자 난감해졌다. 평소 반에서 동급생들과 나누는 커뮤니케이션과는 전혀 다르다고 해야 할까, 이렇듯 금전이나 시간이 얽힌 사업적인 대화를 나눌 때 뭘 어떻게 풀어나가야 좋을지 전혀 모르겠다. 룰이 너무 다르다.

"그럼 어떻게 정해나갈까요?"

일단 엔도 씨가 작업과 관련한 질문을 나에게 던졌다. 뭐, 내가 총무인 것처럼 떠들어대긴 했으니까.

"으~음, 그, 그래야죠……."

나는 어떻게 대답할지 고민하면서도 입을 영영 다물 수는 없는 노릇인지라 적당히 맞장구를 치면서 시간을 벌었다. 그러나 벌 수 있는 시간이라고 해봤자 고작 몇 초. 뭔가 답을 내놓아야 한다. 큭, 어쩌지.

우선은 내 용돈 액수를 고려하여……, 아마도 엔도 씨가 생각하는 금액과는 차이가 있겠지. 그렇게 망설이던 그때.

"——이번 작업 말입니다만, 작업 내용과 작업 시간을 따져봤을 때 적정가가 얼마입니까?"

이 분위기에 녹아든 것 같은 자연스러운 목소리가 들렸다.

"중요한 업무 시간을 할애해야만 하니 저희들도 최대한 사례를 하고 싶습니다만, 물론 이런 일이 처음이라서 온통 모르는 것투성인지라……."

마치 미리 짜온 것처럼 유창하게 말을 늘어놓은 사람은 바로 미즈사와였다.

"으~음. 적정가 말인가요? 글쎄요……."

엔도 씨가 미즈사와의 태도에 놀란 표정을 지었지만, 이내 턱에 손을 대고서 따져보기 시작했다. 옆에 있는 아시가루 씨도 눈이 휘둥그레졌다. 한순간에 분위기를 바꿔버린 것 같네.

뭐라고 해야 할까, 저 모습은 미즈사와가 선거 활동차 교문 앞에서, 혹은 체육관에서 응원 연설을 했을 때를 떠올리게 했다. 그러고 보니 저 녀석, 이런 '형식'을 따지는 대화는 히나미와 호각을 다툴 만큼 강했지.

"대략……."

입으로 직접 말하기가 꺼려졌는지 엔도 씨가 카페에 비치된 종이 냅킨에다가 만년필로 그 액수를 적었다. 그러고는 나에게 슬며시 내밀었다.

"……그렇군요."

뭐, 대충 헤아려보니 나와 미즈사와의 반년 치 알바비가 싹 날아갈 판이다. 확실히 말해서 현실성이 없다. 나는 돌려볼 수 있게끔 그 냅킨을 미즈사와와 키쿠치 양에게 넘겼다. 키쿠치 양은 그 액수를 보고 마치 해외 지폐라도 본 것처럼 눈이 동그래졌다. 뭐, 키쿠치 양은 평상시에 하얀 깃털 같은 것으로 물건값을 치를 것 같은 이미지이긴 하지.

"아……."

미즈사와가 부정적인 목소리를 흘리자 엔도 씨가 고개를 끄덕였다.

"고등학생이 지불하기에는 꽤 힘겨운 액수지요. 완성도를 다소 낮추고, 아시가루 씨 할인을 적용하면 절반까지는…… 낮출 수 있을 것 같은데, 그래도 비싸겠군요."

"……예. 벅차네요."

미즈사와가 조심스러워서 뜸을 들이긴 했지만, 의사 자체는 또렷하게 표명했다.

"하지만 미안합니다. 나도 생계가 걸려 있고, 시간을 따로 낼 수가 없어서 그 이하로 낮출 수는……. 근데 아주 간소한 프리 게임 같은 건 그쪽이 원하는 이미지랑 다르겠죠?"

미즈사와가 고개를 끄덕였다.

"예. 그러니 가격을 낮출 수 있는 요소를 찾을 수 있으면 좋을 것 같은데……."

그 녀석이 진지한 표정으로 고민하기 시작했다.

미즈사와가 가늘고 긴 손가락으로 탁자를 톡톡 두드렸다. 시선을 비스듬히 내리깔고서 이곳 분위기와 머릿속을 곰곰이 헤아리고 있는 듯하다.

"……."

침묵을 아랑곳하지 않고 미즈사와는 계획을 성사시킬

수 있을 만한 논리를 모아나갔다. 이윽고 그가 나와 키쿠치 양을 번갈아 봤다. 도움을 요청하는 눈빛이 아니고 오히려 실마리를 더듬는 듯했다.

미즈사와가 한동안 나를 물끄러미 쳐다보다가 미소를 지었다.

"……응?"

왠지 굉장히 불길한 예감이 든다. 내가 이유를 물으려고 하자 미즈사와가 무슨 꿍꿍이가 있는 듯한 목소리로 말했다.

"후미야, 좀, 얘를 써줘야 할지도 모르는데 괜찮지?"

"어?"

"——자, 엔도 씨, 아시가루 씨."

나에게 확인인지 통보인지 알 수 없는 말을 던져놓고서 그 대답도 기다리지 않은 채 미즈사와가 두 사람을 불렀다. 일부러 이름을 다시 한 번 부르는 건 흥정할 때 꽤 강력한 카드다. 두 사람이 압도된 것처럼 미즈사와를 쳐다봤다.

"한 가지, 저희들이 제안할 게 있습니다."

미즈사와가 손가락 하나를 딱 세우고서 자신만만한 표정을 지었다. 아무리 봐도 성인 두 사람을 상대하고 있는 고등학생의 태도가 아니다. 아시가루 씨와 엔도 씨는 아직도 눈이 휘둥그레져서는 미즈사와의 표정과 손가락 끝에 시선을 빼앗겼다.

"굉장히 새삼스럽긴 합니다만, 저희들은 고등학생이라서 뭐, 솔직히 돈이 별로 없습니다."

"아하하. 그렇겠죠."

미즈사와가 일부로 익살을 떨듯 과장된 투로 말하자 엔도 씨가 웃었다. 그 우습고도 귀여운 분위기가 자칫 건방지게 들릴 수 있는 어감을 누그러뜨렸다.

그리고 나는 알아차렸다.

지금 이 녀석이 시작하려는 것은…… 교섭이다.

"예. 알바를 하고 있긴 하지만, 아마도 어른의 주머니 사정에 비해 아주 궁핍할 겁니다……."

"하하! 그야 그렇겠죠."

미즈사와가 속내를 숨기고 형식을 쌓아나가듯 말했다. 수수하게 보이지만 아마도 고도의 테크닉이겠지. 조건이나 금액 같은, 본인과 상대의 이해가 얽혀 있는 핵심적인 부분을 부드럽게 공유하고 있다. 아마도 교섭할 때 꼭 필요한 스킬이겠지. 그 부분을 먼저 파고들었으니 잘하면 주도권을 쥘 수도 있겠지.

그런데 나는 갑자기 시작된 미즈사와의 연설이 어디로 향할지 상상이 되지 않았다.

"근데…… 일단 돈이 없을 수밖에 없는 이유가 있긴 한데."

"이유?"

"예."

그리고 미즈사와가 내 쪽으로 시선을 돌렸다.

"여기 있는 nanashi군이 요즘에 사야만 하는 물건들이 많아서요. 그게 뭔지 아십니까?"

"……아니."

느닷없이 퀴즈를 내자 엔도 씨가 고개를 갸웃거렸다. 이렇듯 상대에게 종종 물음을 던지는 것 역시 미즈사와의 테크닉 중 하나일까? 그러고 보니 교문 앞에서 선거 연설을 했을 때도 '안경을 쓴 너도!' 하고 말했었지.

미즈사와가 나에게 눈짓을 보내면서 히죽 웃으며 말했다.

"――인터넷 방송 기자재입니다."

그 말을 듣고 아시가루 씨와 엔도 씨가 납득한 것처럼 고개를 끄덕였다. 나는…… 그저 놀랄 따름이었다.

나는 프로게이머가 되기로 결심한 뒤로 Twitter 계정도 정식으로 팠고, 앞으로 꾸준히 오프라인 모임에 얼굴을 비추기로 마음을 먹었다. 그리고 동영상을 올리고, 스트리밍을 시작하여 가능성을 모색해나가고 싶다는 생각도 하고 있다.

그러나 그 계획을 미즈사와에게 말한 적이 없다.

즉 미즈사와의 말은 어디까지나 추측이며……, 바꿔서 말하자면 정곡을 찔렀다.

"현재 이 친구는 진심으로 프로 게이머를 목표로 삼고 있지만, 아직 되지는 못한 신출내기입니다. 앞으로 장래에 보탬이 되도록 기자재를 갖추고, 대회에서 활동하여 영향력을 키워나갈 생각이죠."

"그렇군. 그 얘기는 나도 얼핏 들었어."

아시가루 씨가 고개를 끄덕였다.

그것을 확인하고서 미즈사와가…….

"이제부터가 본론입니다만……."

자신 있게 내 어깨를 툭 두드렸다.

"엔도 씨. 미래의 nanashi의 영향력을, 사보지 않겠습니까?"

그때 나는 미즈사와의 의도를 깨달았다.

"우선 이 친구가 플레이하고 있는 게임「어택 패밀리즈」. 이 게임은 일본 안에서도 최대 규모의 참가인원을 자랑하는 대인기 게임입니다. 그리고 이 친구는 그 게임의 온라인 레이트 일본 1등이라는 실적을 거머쥐었습니다. 게다가 그 순위를 지키고 있습니다. 이건 어떤 의미에서 일본 최고의 게이머라고 해도 과언은 아니겠죠."

"얘기는 듣긴 했지만……, 그렇게 말하니 생각보다 굉장한 것 같긴 하군요."

사실을 가미한 허세라는 형식으로 논리를 구축해나가는 미즈사와. 엔도 씨도 일개 고등학생의 희언과는 다르다고 받아들였을지도 모른다. 진지한 표정으로 미즈사와의 다음 말을 기다렸다.

"하지만 인생이라는 게임은 그리 녹록지 않습니다."

미즈사와가 어깨를 움츠리고서 이맛살을 찡그렸다.

"프로게이머는 워낙 인기 있는 돈벌이이니 단순히 플레

이만 잘 한다고 해서 되는 게 아닙니다. 사람들은 그와는 별개의 부가가치를 반드시 요구합니다."

"맞는 말이네."

아시가루 씨가 수긍했다.

"외모나 경력, 나이 등 여러 요소를 대중들한테 종합적으로 판단을 받아야지만 겨우 인기를 끌 수가 있습니다."

"응. 나도 그렇게 생각합니다."

엔도 씨도 동의했다.

"게임을 잘하더라도 말재간이 없거나, 겉모습이나 분위기가 수수한 사람은 제아무리 실력이 뛰어날지라도 인기를 얻지 못하기도 하죠."

미즈사와가 나를 쳐다보면서 말을 이었다.

"하지만 nanashi는…… 아마 괜찮을 것 같지 않나요?"

미즈사와가 물음을 던지자 엔도 씨가 고개를 또 끄덕였다. 아시가루 씨는 그 광경을 감탄하며 쳐다봤다.

"과연…… 확실히, 캐릭터가 있는 것 같군요."

그러자 미즈사와가 엔도 씨를 척 가리켰다.

"예, 귀정입니다!"

"오! 부잉이군."

아시가루 씨가 기뻐하듯 말했다. 뭐야, 이거. 히나미나나 말고 다른 사람이 귀정을 사용하는 모습을 처음 봤다. 더욱이 귀정이 단번에 통하는 모습도 처음 봤다. 이 얼마나 하이컨텍스트(high-context)한 공간이란 말이냐.

그리고 미즈사와는 자신하는 상품을 소개하듯 손으로 나를 가리켜 보였다.

"이 친구는 어패 일본 최고 플레이어이고, 말도 그럭저럭 잘하고, 외모도 특별히 빠지는 구석이 없으며……, 무엇보다도 현역 고등학생입니다. 말하자면 '토크가 가능한 잘생긴 고등학생 어패 탑플레이어!' 이거 캐치프레이즈로서 손색없는 문구 아닙니까!"

"하하하! 듣고 보니 그렇군."

아시가루 씨가 크게 웃었다. 남에게 제멋대로 캐치프레이즈를 내걸지 말아줄래?

그러나 오프라인 모임 때 그 화제가 나왔을 때 생각한 적은 있었다.

원래부터 갖고 있던 실력과 히나미에게서 받은 스킬을 접목해보니 나는 속성 과다 캐릭터가 되어 있었다.

"여기까지 말했으니 이제 무슨 소리를 하려는 건지 아시겠죠."

흥이 올랐는지 미즈사와의 말에서 박자감이 느껴졌다.

열기와 자신감이 느껴지는 저 표정이 이곳의 분위기를 바꿔나갔다.

"이런 nanashi의 SNS를 엔도 씨가 제작하고 있는 게임 어플을 선전할 때 이용한다면 아주 큰 효과가 있을 겁니다."

"……과연."

지금 이 자리에서는 고등학생 생일 파티 논의를 초월한, 흥정이나 설전이라고 해도 무방한 열띤 대화가 벌어지고 있었다.

엔도 씨가 고개를 연신 끄덕이는 걸 보니 꼭 싫은 눈치는 아닌 듯하다. 아직 결정타가 부족하다는 느낌이긴 하다.

"후미야, nanashi 계정을 갖고 있지? 지금 열 수 있어?"

"어? 아, 그래."

나는 스마트폰 어플을 열어 자신의 프로필로 이동한 뒤 미즈사와에게 넘겼다.

미즈사와가 그것을 엔도 씨에게 보였다.

"현재는 팔로워 숫자가 약 1만 남짓. 하지만…… 그렇죠."

미즈사와가 시선을 돌려 어째선지 나와 잠시 눈을 마주친 뒤 홱 돌렸다.

"우선은…… 이 숫자를 3달 만에 2배로 불려보겠습니다."

뭐?! 하고 외치고 싶었지만, 미즈사와가 내 다리를 가볍게 때린 바람에 겨우 참아냈다. 우, 말을 맞추라는 뜻이군요.

"……예, 해보겠습니다."

"과연, 그거 매력적인 제안이군요."

미즈사와가 나에게 무섭게 거짓 웃음을 보낸 뒤 그대로 그 웃음을 부드럽게 가다듬어 엔도 씨와 아시가루 씨를 쳐다봤다.

"지금까지 저희들이 드리고 싶은 제안을 상세히 설명해

드렸습니다. ……nanashi 계정으로 우선은 반년 동안 엔도 씨가 제작한 게임을 선전합니다. 그 대가로 이번 게임을 제작해주실 것을 부탁드립니다. 그 후에도 계약을 유지할지 말지는 그때 가서 논의를 다시 하도록 하죠."

제안을 매듭지은 미즈사와가 쥐고 있던 주도권을 상대에게 살며시 되돌려주듯 덧붙였다.

"이런 조건으로, 어떻겠습니까?"

* * *

"오늘 감사했습니다."

찻집 앞. 의논을 마친 다섯 사람은 계산을 마치고서 가게 앞에 있었다. 참고로 요청자인 우리가 계산하려고 했는데, 아시가루 씨가 화장실을 다녀오겠다고 자리를 비우더니 슬며시 돈을 지불해버렸다. 이래서 어른은 교활하다.

"그럼 nanashi군, 게임 완성 후 반년 동안, 잘 부탁할게요."

"예. 저야말로 잘 부탁드립니다! 게임의 상세한 내용은 추후 보내드릴게요."

서로 방금 약속한 거래 내용을 다시 읊으며 확인했다.

"그리고 팔로워 숫자 2배도 잊으면 안 된다?"

"이 녀석……."

불난 집에 부채질을 하는 미즈사와를 불복의 뜻을 담아 째려보자 아시가루 씨와 엔도 씨가 유쾌하게 웃었다.

미즈사와가 대연설을 마친 뒤. 엔도 씨는 그 내용을 납득했는지 본인의 작품을 반년 동안 홍보해주는 대가로 오리지널 게임 하나를 제작해주기로 했다. 이야기가 무사히 진행된 것은 다행이지만, 얼떨결에 내가 팔로워 숫자를 늘려야만 하는 신세가 됐다. 뭐, 프로게이머로서 가치를 높여나가기로 마음먹었던 참이니 마침 좋은 계기가 생겼다고 받아들이면 되겠지.

"그나저나 미즈사와 군, 대단했어. 노도와 같은 연설이라고 해야 하나, 마치 어른의 프레젠테이션을 보는 듯했어."

아시가루 씨가 유쾌하게 말했다.

"아뇨, 아뇨. 그렇게 말을 줄줄 늘어놓는 게 특기일 뿐이라서."

미즈사와가 허무하게 웃고서 왠지 서글프게 말했다.

유창한 언변은 분명 미즈사와가 자신하는 분야이긴 하지만……, 말을 줄줄 늘어놓는다는 표현은 어딘지 차갑게 들렸다.

아직 '형식'에서 탈피하지 못했다는 사실을 자조하는 듯했다.

"고등학교 2학년치고는 대단한 거야. 언젠가 함께 일하고 싶을 정도야."

"하하하. 기회가 생긴다면 잘 부탁드리겠습니다."

평소처럼 웃으며, 평소 같은 템포로 미즈사와가 빈말을 하며 얼버무리자…….

"그냥 인사치레가 아니고……."

아시가루 씨가 한 걸음 다가갔다.

"……예?"

아시가루 씨가 주머니에 손을 넣고서 검은 카드 케이스를 꺼냈다. 그러고는 네모난 종이 한 장을 꺼내 미즈사와에게 건넸다.

"이거, 내 명함이야. 만약에 몇 년 후나, 대학을 졸업했는데도 하고 싶은 일이 없다면 언제든 연락해줘."

"……어!"

미즈사와가 화들짝 놀라서는 아시가루 씨와 명함을 번갈아 쳐다봤다.

이윽고 고개를 푹 떨궜다. 미즈사와의 눈이 앞머리에 가려져 보이지 않았다.

"알겠습니다."

미즈사와의 입가가 무언가를 곱씹듯이, 웃음을 살짝 지은 모습만이 보였다.

"그럼 난, 집이 이쪽 방향이라서."

"나도 다른 약속이 또 있어서."

그리하여 아시가루 씨는 걸어서, 엔도 씨는 택시를 타고서 떠나버렸다. 낯선 일들이 연달아 터졌던 논의를 끝마치고서 기진맥진해진 우리 세 사람만이 찻집 앞에 남겨졌다.

"……지치네요. 오늘은 왠지 벅찬 하루였어요."

키쿠치 양이 긴장이 풀린 듯한 투로 말했다. 왠지 그녀의 등이 평소보다 굽은 것처럼 보였다. 뭐, 홍일점이었고, 어른의 흥정을 방불케 하는 대화를 옆에서 줄곧 지켜봐왔으니까. 나도 어떤 의미에서 흥정거리로써 이용당한 처지이니 그 마음을 잘 안다.

뭐, 어쨌든.

"미즈사와 덕분에 얘기가 잘 풀렸어. 고마워."

내가 진심으로 말하자 미즈사와가 한쪽 눈썹을 쓱 치올리며 말했다.

"천만에요. 근데 애당초 그 자리는 후미야의 연출 덕분에 성립된 거니까 자긍심을 더 가져."

"어, 뭐…… 그런가? ……오."

내가 칭찬을 듣고 겸연쩍어하면서 우물쭈물하고 있으니 미즈사와가 "저기, 후미야" 하고 차분한 목소리로 말을 걸어왔다.

"……응?"

"나, 한 가지 깨달았어."

"뭘 말이야?"

내가 묻자 미즈사와가 나를 긍정하듯 똑바로 쳐다봤다.

"네가 무언가를 선전하는 대신에 그 상대한테서 원하는 걸 제공받는다. 그거——."

미즈사와가 손가락으로 나를 척 가리켰다.

요즘에 통 보질 못한 그 녀석의 그 행동과 닮았다.

"이미…… 프로게이머로서의 행동 그 자체 아냐?"

"……아."

듣고 보니 그런 것 같기도 하다.

내 발언력은 차지하고서 우리는 영업을 하여 스폰서 계약을 맺었다.

계약 기간 동안에 상대를 선전해주는 대가로 돈이나 필요한 것을 제공받는다.

이는 아시가루 씨를 비롯한 수많은 프로게이머들이 하고 있는 대표적인 비즈니스 형태다.

"……진짜네."

그 순간 내 마음속에서 고양감이 서서히 끓어오르는 것이 느껴졌다.

그것은 히나미가 인생 공략을 위해서 부여한 어려운 과제를 달성했을 때 솟았던 감각과 비슷했다.

틀림없이 나는 이 감각이 있기에 앞으로 나아갈 수 있는 거라고 생각했었다.

"나…… 어느새 꿈을 향해 한 걸음 다가간 건가?"

그리고 오늘 나를 이끌어준 사람은 다름 아닌 눈앞에 있는 저 능글맞은 남자다.

"그러네."

미즈사와가 소년처럼 웃었다.

이윽고 미즈사와가 오늘의 긍정적인 부분을 곱씹고자

입을 열었다.

"그래서, 이런 거 말이야."

"응?"

"혹시, 천직 아닐까?"

"오…… 그렇게 말해주니 기뻐."

나도 속에서 자신감이 싹트는 것을 느끼면서 기분을 솔직히 드러냈다. 그러자 미즈사와가 어째선지…….

"아니, 그것도 그렇지만 말이야."

왠지 만족스러운 표정으로 늘 변함이 없는 노을을 바라보고 있었다.

"이런 거…… 내게도 천직일지 모르겠다 싶어서."

* * *

돌아가는 전철 안. 우리 셋은 손잡이를 잡고서 오늘 하루를 돌이켜보고 있었다.

"이제는…… 제작하는 일만 남았네요."

"그러네."

내가 수긍하자 미즈사와도 고개를 끄덕였다.

"뭐, 내가 할 수 있는 일은 다 했으니 나머지 사소한 조정 작업은 후미야한테 맡길게."

"어, 나?"

그 말을 듣고서 놀라긴 했지만, 잠시 생각하고서 납득

했다.

"근데…… 그런가. 히나미를 제일 잘 아는 사람은 나니까."

"그러게~."

"……예."

맞장구를 치는 두 사람의 말 속에 여러 의미가 담겨 있는 것 같았지만, 인간관계란 무릇 이런 것이다. 심플한 관계도만으로 표현할 수 있는 관계는 사실이 아니다.

"저도 거들 수 있는 일이 있으면 뭐든 말해주세요."

"응. ……고마워."

질투심과 죄책감, 해명하고 싶은 심정. 감정과 속죄와 업보가 뒤범벅이 된 듯한 이 혼돈을 단 한 사람에게 감당케 해도 될는지 망설이기도 하고.

"이렇게까지 했으니 아오이도 기뻐해 주겠지."

"그렇겠지. ……나도 그렇게 생각해."

'형식'에 얽매인 채 살아온 스스로를 부정적으로 여겼건만 자기보다도 더욱 철저히 '형식'을 추구하는 타인의 실체를 알게 되고, 호기심이 호의로 바뀌면서 진정한 감정을 깨닫게 된 모순을 겪기도 하고.

"우리가 히나미를 제일 잘 알고 있으니까."

그리고…… 태어난 뒤로 줄곧 개인으로서 살아왔건만, 스스로 변화하고 세상을 보는 법을 바꿔나가는 사이에 불성실하게도 연인도 아닌 누군가를 유일하고도 특별한 존재로 여기기도 하고.

우리는 아마도 작은 망설임이나 모순, 불성실을 떠안은 채로, 이따금씩 보고도 못 본 척 하면서 조금씩 앞으로 나아가고 있다.

아마도 그것이 있는 그대로의 인간이다.

"——앗?!"

"에구, 후카 짱, 위험해."

전철이 급정지하자 균형을 잃은 키쿠치 양이 미즈사와 쪽으로 털썩 쓰러졌다. 미즈사와는 이런 상황에서 스마트하게 대응할 줄 안다. 키쿠치 양을 단단히 잡아주고는 몸이 균형을 되찾을 때까지 지탱해줬다.

"고, 고맙습니다."

"괜찮아. 다친 덴 없어?"

"아, 예."

미즈사와를 올려다보는 키쿠치 양을 보다가 나는 그만…….

"야, 야! 미즈사와!"

"응? 왜 그래, 후미야."

반사적으로 감정이 실린 말을 내뱉고 말았다.

"뭐, 뭐 하는 거야, 그거."

"뭐냐니…… 위험했잖아."

그 말을 듣고서 나는 퍼뜩 깨달았다.

왜냐면 방금 미즈사와가 잡아주지 않았다면 키쿠치 양은 넘어졌을지도 모른다. 그렇다면 내 소중한 사람을 보호

해준 셈이니 오히려 해야 할 행동은…….

"아니…… 그러네."

그리고 나는 감정을 억누르고 애써 이성을 되찾은 척 말했다.

"미안. ……나도, 고마워."

"뭐 하자는 거야? 천만에요."

미즈사와가 쓴웃음을 지으면서 나를 놀리듯 쳐다봤다.

"하하하. 후미야의 그런 표정, 처음 봐."

"시, 시끄러."

이렇듯 종종 논리만으로는 설명할 수 없는 묘한 행동을 저지르는 것 역시 본연의 인간인 걸까. ……그, 그러니 무례하게 군 것을 용서해주세요.

* * *

나와 키쿠치 양은 오오미야에서 미즈사와와 헤어졌다. 키쿠치 양을 집 앞까지 바래다주기로 했다. 미즈사와가 잠시 볼일이 있다면서 오오미야의 한 찻집에 들어갔다. 그 후로 우리는 둘이서 전철을 탔다.

기타아사카 역 앞에 깔린 길을 둘이서 걷는다.

"근데 정말로 얘기가 잘 풀려서 다행이야. ……키쿠치 양도 도와줘서, 고마워."

"으으응. 저도 이로써 응어리가 좀 풀린 것 같아요……. 역시나 동기가 불순하긴 하지만."

"그렇지 않대도."

키쿠치 양은 창작자로서 원래 허용된 범위보다 더 안쪽으로 하니미의 내면에 발을 내딛고 말았다. 돌이켜보면 히나미가 읊었던 그 예리한 대사들은 아마도 그녀에게도 닿았을 것이다.

"그리고 미즈사와하고도 친해져서…… 으음, 잘 됐어."

나는 그렇게 말하면서도 아까 전 감정이 되살아나서 기분이 조금 미묘해졌다. 아니, 아니, 그래도 친해져서 잘 됐으니 축하해줄 일은 축하해야지, 응.

그러자 키쿠치 양이 왠지 의아해하는 눈으로 나를 봤다.

"어, 왜, 왜?"

"후미야 군…… 혹시."

그리고 나를 지그시 들여다보던 그 눈이 내 약한 부분을 포착해냈다.

"……질투한 건가요?"

"뭐……?! 아, 아니, 그럴 리가……."

나는 무심코 허세를 부리려다가 보이는 모습에 연연해서는 안 된다는 생각이 들었다. 그래서 역시나 그 허세의 가면을 벗기로 했다.

"아니…… 거짓말이야."

그리고 체념한 듯 말했다.

"실은, 꽤 질투했어."

그러자 키쿠치 양이 어깨를 흠칫 떨고서 키득 웃었다.

"다행이다. 후미야 군도 질투를, 하네요."
"아니, 그야 나도 사람이니까……."
무슨 영문인지 키쿠치 양이 만족스럽게 웃고 있다.
"후후. 교제를 시작한 뒤로 후미야 군이 질투하는 모습을 처음 본 것 같아서 기뻐요."
"뭐, 뭐야, 그게."
나는 그렇게 말하면서 잠시 생각했다.
"따, 딱히 처음은……."
그러자 키쿠치 양이 후후, 하고 짓궂게 웃었다.
"그런가요? 근데 눈치채지 못했어요."
키쿠치 양은 그렇게 말하면서도 역시나 기분이 좋아 보였다.
"기뻐하지 마……. 난 지금 마음이 싱숭생숭하니까."
"싱숭생숭한가요?"
"그래~. 상대가 미즈사와라서 더더욱."
내가 말하자 키쿠치 양이 어리둥절해했다.
"어째서 미즈사와 군이라서 더 심란해하는 건가요?"
"그, 그야…… 미즈사와는, 그런 녀석이고."
추상적으로 말하자 키쿠치 양이 더욱 어리둥절해하며 고개를 갸웃거렸다.
"미즈사와 군, 믿지 않는 건가요?"
"아, 아니…… 그건 아니고."
"응?"

“오히려, 믿고 있기에 더 그렇다고 해야 할까…….”

“신용하고 있기에 더 그렇다?”

나는 고개를 끄덕였다. 그러나 분명 이것은 남이 묻지 않는다면 스스로도 알 수 없는 감정일지도 모른다.

“미즈사와나…… 키쿠치 양 모두. 사람으로서 대단한 매력이 있다고 생각하거든. 배신 당할까 봐 우려한다기보다 자연스레 서로 끌리더라도 이상하지 않겠구나 싶어서.”

그러자 키쿠치 양이 또 어리둥절해하고서 후후 웃었다.

“……미즈사와 군이랑 절 그렇게나 생각해주고 있다는 뜻이네요?”

“……뭐.”

나는 고개를 홱 돌린 채 겸연쩍은 마음에 머리를 긁적였다. 만화 속 캐릭터처럼 매우 뻔히 보이는 행동을 하고 말았다.

그러자.

키쿠치 양이 손가락으로 내 소매를 쥐었다.

“……괜찮아요.”

그리고 나를 부드럽게 휙 당겼다.

내 입술에 키쿠치 양의 입술이 닿았다.

“?!”

그 입맞춤은 가볍고 순식간이었지만 아까 나눴던 대화를 모조리 날려버릴 만큼 파괴력이 있었다.

“제가 좋아하는 사람은, 오직 후미야 군뿐이니까요.”

키쿠치 양의 그 말은 언젠가 내가 그녀에게 전했던 말과 비슷했다.

"으, 응…… 나도."

혼이 쏙 빠져나가버려서 힘없이 동감을 표하는 것이 고작이었다. 어라? 잠깐, 아까 전부터 주도권을 계속 키쿠치 양이 쥐고 있는데?

이윽고 우리는 키쿠치 양의 집 앞에 도착했다.

"오늘은, 고마웠어요. 여러 세계를 볼 수 있어서, 좋았어요."

"응. 나야말로 힘든 걸음을 해줘서 고마웠어요."

내가 고개를 끄덕이자 키쿠치 양은 잠금을 풀고서 현관문에 손을 댔다.

"좋은 밤 보내요."

"응. 잘 자."

키쿠치 양과 헤어진 뒤 나는 기타아사카 역으로 이어지는 길을 홀로 걸어가며 귀로에 올랐다.

* * *

——그런 줄 알았는데.

"근데…… 뭐야?"

키쿠치 양을 바래다주고서 수십 분 뒤.

나는 환승하려고 내린 오오미야의 사이쿄선 플랫폼에서

어째선지 미즈사와와 합류했다.

"하하하, 그렇게 경계하지 말라니까."

"굳이 둘이서 얘기를 하고 싶다고 하니…… 경계하는 게 당연하지."

"그야, 역시나 여친을 바래다주는 남자를 붙잡아둘 수는 없는 노릇이니까."

"배려해줘서 참 고맙네요."

내가 빈정거리듯 말하자 미즈사와가 크크크, 하고 웃었다.

"뭐, 시간이야 언제든 상관없긴 했지만. 결심을 굳힌 김에 후미야한테 말해둘까 해서."

"말해두다니…… 뭘 말이야?"

나는 물으면서도 왠지 미즈사와가 무슨 말을 할지 알 것도 같았다.

"나…… 이번 여행 때 다시금, 아오이한테 고백할까 해."

"……그래?"

"오호, 생각보다 안 놀라네."

구체적으로 그 말을 할 거라고 예상했던 건 딱히 아니다. 그러나.

"미즈사와이니 어차피 예상을 뛰어넘는 행동을 하겠지 싶었거든. 즉 예상대로."

"하하하. 그거, 예상대로라고 할 수 있나?"

그리고 미즈사와가 훗, 하고 쓸쓸히 웃었다.

"고백하겠다고는 했지만, 여름방학 이후로 딱히 관계가 진전된 것도 아니고, 승산이 있는 것도 아니긴 하지만."

미즈사와가 무언가를 떠올리듯 덧붙였다.

"요전에, 화제가 됐었잖아. 그 녀석이 그토록 지친 모습을 내보인 건 참 드문 일이라고."

"그렇지."

"네 얘기를 들어보면 아마도 원인은 너잖아?"

"그렇지는……."

내가 부정하려고 하자 미즈사와가 나를 물끄러미 보더니…….

"않다?"

짧게, 그러나 강하게 툭 내뱉은 말과 날카로운 눈빛. 나는 말문이 막혔다.

분명, 그렇다. 아마도 그 녀석이 가면을 뒤집어쓴 이후로 그 녀석의 내면에 가장 가까이 다가간 사람은 아마도 나일 것이다.

그래서 나는 아까 하려고 했던 말을 꾹 삼키고서 다시금, 입을 열었다.

"아니…… 어쩌면, 그럴지도 모르겠다고 생각하긴 했어."

"그렇겠지."

그리고 미즈사와가 힘차고도 호전적인 시선으로 나를 쏘아봤다.

"이렇게 말하면 나쁘게 들리겠지만. 이건 찬스야."

"……찬스?"

"저토록 두꺼운 가면을 쓰고 있는데도, 이쪽이 성큼성큼 다가가면 그 부분을 마법처럼 반전시키고서 본인은 어디론가 멀리 달아나버리는 그 아오이가 말이지. ……지금은, 아마도 약해진 것처럼 보여."

미즈사와가 익살을 떨듯 한쪽 눈썹을 쓱 올렸다.

"그런 적이, 거의 없잖아?"

"뭐야, 그거, 치사하네."

"하하하. 상관없어. 난 기본적으로 치사한 남자이니까."

미즈사와가 또다시 훗, 하고 웃었다.

"근데 내가 의도한 진정한 의미의 '찬스'란 그게 아니고."

그가 도발적으로 히죽 웃었다.

"——아오이를 노릴 때 가장 걸림돌이 되는 **최고의 라이벌**이, 알아서 딴 여자애한테 가줬다는 거지."

"으!"

그것이 누굴 가리키는 것인지 말할 필요도 없었다.

"난 딱히 무언가에 집착하지 않고, 인생은 어차피 될 대로 된다고 생각하며 살아오긴 했지만."

그 말은 선언으로도 선전포고로도 들렸다.

"원하는 걸 쟁취하기 위해 전력으로 손을 뻗기로 결심했어. 그러니 후미야."

그가 부른 내 이름이 묘하게 현실적으로 고막에 울렸다.

"——서프라이즈, 성공시키자."

4 무슨 짓을 해도 대미지를 입힐 수가 없는 적 보스는 회복이 약점인 경우도 있다

그로부터 몇 주가 흘렀다. 오늘은 3월 19일 토요일. 히나미 아오이의 생일이자…… 여행 당일이다.

내 머릿속에서 미즈사와가 했던 말이 줄곧 빙글빙글 맴돌았다.

'나…… 이번 여행 때 다시금, 아오이한테 고백할까 해.'

그것은 나에게 나쁜 소식은 아니다.

왜냐면 나는 키쿠치 양과 교제하고 있고, 미즈사와도 한 인간으로서 신뢰하고 있다. 오히려 동성 중에서 가장 신뢰하고 있을지도 모르겠다.

그래서 만약에 미즈사와의 말대로 히나미가 약해진 이때에 고백이 성공하여 두 사람이 사귀게 될지라도 아무런 이의가 없는 건 물론이거니와 오히려 환영하고 싶은 심정이다.

"근데…… 뭐야, 이 감정은……?"

아마도, 질투는 아니다. 연심도 아니다.

그러나 어째선지 히나미 아오이가 누군가와 사귀게 될지도 모른다고 생각하니 마음이 여러모로 복잡하다.

"어려워……, 이게 인생……."

나는 그 마음의 움직임에 이름을 붙이지 못한 채 여행

준비를 진행했다.

가방 안에는 최소한의 여벌옷과 다함께 즐길 수 있는 보드게임을 넣었다.

그리고 그저께…… 아시가루 씨가 보내준 데이터가 저장되어 있는 태블릿도.

히나미를 기쁘게 해주기 위한 선물. 그저 아시가루 씨에게 맡기기만 한 것이 아니라 우리가 할 수 있는 최선도 함께 담은, 그 녀석을 위한 오리지널 게임.

이거라면 히나미를 기쁘게 해줄 수 있겠지. 어쩌면 여태껏 그 녀석의 마음속 닿지 못했던 부분에까지 접촉할 수 있을지도 모르겠다. 그래서 나는 이 게임을 계기로 다시금 히나미와의 관계를 제대로 생각해보고 싶었다.

그렇다면 내가 해야 할 일은 분명, 일방적으로 무언가를 들이밀거나 캐내는 것이 아니라…… 대화하는 것이겠지.

어제부터 탁자 위에 펼쳐 놓은 노트. 나는 눈을 돌려 거기에 적혀 있는 글자들을 확인했다.

그것은 내가 스스로에게 부여한, 이번 여행에서 달성해야 하는 '과제'다.

'히나미와 둘이서, 속마음을 주고받는다.'

나는 일주일쯤 전에 히나미에게 메시지를 보냈던 LINE 대화방을 확인했다. 그 안에는 '다음 주 여행 중에 때를 봐서 둘이서 얘기하고 싶어'라고 내가 보낸 메시지와 거기에 달려 있는 읽음 표시만이 보였다.

답장은 보내지 않았지만 읽었다는 표시는 되어 있다. 차단당한 것은 아니다. 그렇다면 희망은 있다고 봐도 될까?

"다녀오겠습니다."

나는 아직 아무도 일어나지 않은, 휴일을 맞이한 우리 집에 나직이 인사를 하고서 역으로 걸어 나갔다.

* * *

기타요노 역 앞에 도착하고서 나는 여름방학 때 합숙을 떠올렸다.

그러고 보니 그땐 여기서부터 미미미와 함께 집합장소로 갔던가.

아마도 그때는 서로 친구나 전우로서 신뢰감은 느끼고 있었지만, 이성으로서 의식하지는 않았을 테지. 그렇기에 둘이서 갈 수가 있었던 것이다.

미미미에게 고맙다는 말을 듣고, 히어로 같다는 소리도 들었다. 인생과 마주하는 것이 얼마나 기쁜 것인지 다시금 느꼈다.

그러나 그때 거리도, 마음도 좁혔을 두 사람은 지금 제각각 오오미야로 향하고 있다.

'잠시 뒤 각 역마다 정차하는 오오미야행 전철이 들어옵

니다.'

몇 년이나 살면서 귀에 완전히 익어버린 역 안내음을 들은 뒤 나는 전철을 탔다.

1년 전에는 혼자서 학교에 가거나, 혼자서 게임을 사거나, 혼자서 게임 센터에 가려고 이 전철을 이용했었다. 그러나 어느새 히나미와 함께 옷을 사러 가기도 하고, 히나미에게 이끌려 다른 멤버와 함께 쇼핑을 하러 가기도 하는 등 그 녀석 덕분에 여럿이서 지내는 시간이 늘어났다.

그리고 어느새 히나미가 곁에 없더라도 나는 키쿠치 양과 데이트를 하기 위해서, 미즈사와와 함께 일하는 알바 직장에 가기 위해서 등등 여러 목적으로 이 전철을 이용하고 있다.

창밖으로 흐르는 사이타마의 거리를 바라보면서 되돌릴 수 없는 시간을 그리워했다.

"풍경은, 하나도 바뀐 게 없는데 말이야."

첫차 시간이 얼마 지나지 않아 승객이 거의 없는 전철 안에서 내 귓가에만 들리도록 중얼거렸다.

거리 풍경도, 비치는 햇살도, 전철이 흔들리는 모양새도.

그 시절과 비교하여 달라진 게 하나도 없건만.

그러나 내 눈에 비치는 경치는 죄다 바뀐 것 같았다. 그렇다면 틀림없이, 바뀐 건 나겠지.

그리고 스스로 바뀔 수 있도록 계기를 준 사람은…… 말할 필요도 없이 히나미다.

이윽고 전철이 오오미야에 도착했다. 나는 전철에서 내려 사이쿄선 플랫폼 쪽 계단을 올라 1 · 2번선 플랫폼으로 향했다.

4호차가 정차하는 곳 인근에 비치된 의자에 내가 선택한 여자애가 앉아 있었다.

"……좋은 아침이에요."

"응, 좋은 아침."

나는 역 플랫폼에서 키쿠치 양과 합류한 뒤 둘이서 시나가와역으로 향하는 전철을 탔다.

* * *

"그러고 보니…… 교복?"

"아, 맞아요."

게이힌도호쿠선 차내. 오늘은 휴일이고, 다함께 USJ(언리미티드 스페이스 재팬)에 갈 예정인데 어째선지 키쿠치 양이 세키토모 고등학교 교복을 입고 있었다.

"실은…… 여자애들이랑 수다를 떨다가 교복 리미티를 하자는 얘기가 나와서요!"

"오호!"

키쿠치 양이 들뜬 목소리로 말하자 나는 환한 목소리로 감탄했다.

교복 리미티란 그 이름대로 교복을 입고서 USJ에 가는 것을 의미하는 인싸국의 단어다. 반짝반짝거리는 여고생이 인스타나 틱톡 같은 SNS에 본인의 충실한 모습을 올리는 행위 말이다. 그런 과시용 단어가 키쿠치 양의 입에서 튀어나와서 너무 신선했다. 그러나 현역 여고생다운 느낌이 물씬 풍기는 키쿠치 양 역시 나름 어울린다.

"저…… 이런 거 처음이라서, 기대돼요!"

키쿠치 양이 평소답지 않게 열기가 담긴 목소리로 밝게 말하자 나는 웃음을 보냈다.

"아하하, 그 기분이 팍팍 전해지고 있어."

그 말에 키쿠치 양이 부끄러웠는지 화들짝 놀라 얼굴을 붉히고 말았다.

"그, 그런가요?"

"응. 여행을 기대해주고 있는 것 같아서, 안심했어."

"후후. 엄청 두근거려요. 토모자키 군은, 어떤가요?"

키쿠치 양이 물었다.

"나도 굉장히 기대돼. 친구들이랑 유원지 같은 델 처음 가보는 거라서……."

"그, 그렇지요! 저도 마찬가지예요!"

왠지 너무 네거티브한 과거를 공유하고 있는 것 같긴 하지만, 키쿠치 양이 기대하고 있다니 그것으로 OK입니다.

"응. 그리고 말이지."

나는 살짝 부끄러워지려는 감정을 애써 감추며 말했다.

"여친이랑 같이 여행을 하는 것도, 처음이라서…… 그것도, 기대돼."

"아……."

그리고 나는 제 입으로 말해놓고는 갑자기 부끄러워져서 "아, 아니, 그냥 그렇다고" 하고 얼버무렸다. 난 약해.

"토모자키 군!"

"응?"

키쿠치 양이 천사나 요정이라기보다 한 사람의 천진난만한 여자애로서 웃으면서 말했다.

"——잔뜩, 즐겨요!"

"응. ……그러자!"

그녀의 눈부신 표정이 이쪽을 비추자 나도 덩달아 웃고 말았다.

내 목표. 미즈사와의 선언. 만약에 그것들이 제대로 실행되어 간다면.

분명 이번 여행은, 우리 관계의 무언가를 바꾸게 되겠지.

그렇기에 나는 앞으로 펼쳐질 시간을 신나게 즐기기로 했다.

그런 생각을, 했다.

* * *

그로부터 약 한 시간 뒤.

시나가와역 신칸센 승강장 개찰구 부근.

집합장소에는 히나미, 미즈사와, 나카무라, 타마 짱이 먼저 와 있었다. 참고로 히나미와 타마 짱은 교복을 갖춰 입긴 했지만, 멋을 부리고 싶어서인지 손을 살짝 대긴 했다. 이거 교복 리미티스러운 분위기가 물씬 풍기네요. 남자는 사복이긴 하지만.

"아! 토모자키 군 일행이 왔어!"

그런 식으로 내 이름을 가볍게 부른 사람은 히나미였다.

"좋은 아침……, 엄청 졸려."

나는 굳이 청자를 정하지 않고 혼잣말을 하듯 중얼거렸다.

"좋은 아침. 설레서 밤잠을 못 이룬 거야?"

"……어."

그런 식으로 철저히 가면을 쓰고서 대하는 히나미에게 짧게 대꾸만 했다. 그 어두운 음색 때문에 위화감이 살짝 들지도 모른다. 그러나 나는 히나미에게 형식뿐인 대답을 돌려줄 마음이 들지 않았다.

나는 주변을 둘러보면서 어떤 의미에서 말을 돌리고자 입을 열었다.

"으음, 이제 남은 사람은 미미미랑 이즈미랑 타케이인가?"

아직 오지 않은 멤버들을 거명해보니 감이 딱 왔다. 뭐라고 해야 할까, 세 사람은 아침에 약할 것 같다. 굳이 말하자면 타케이는 너무 기대한 나머지 새벽같이 일어나서 제일 먼저 올 사람 같기도 하다. 아마도 이번에는 늦잠을

잔 쪽으로 무게추가 기울어지는 듯하다.

"그게 말이야, 후미야. 타케이는, 저쪽에."

"어?"

미즈사와가 유쾌해하는 투로 말하면서 신칸센 승강장 개찰구를 가리켰다. 개찰구 너머에서 눈물을 글썽이는 얼굴로 이쪽을 쳐다보고 있는 타케이의 모습이 있었다. 참고로 남자들 중에서 유일하게, 무슨 영문인지 타케이만이 교복을 입고 있다. 타케이도 교복 리미티를 하고 싶었나.

"우오오오~~!! 날 따돌리지 말아줘~~~!"

"모두 모이면 그리로 갈 테니 기다리고 있으래도."

나카무라가 얼굴을 찡그리면서 말했다.

그 옆에서 미즈사와가 크크크 웃으며 덧붙였다.

"너무 기대한 나머지 제일 일찍 도착했고, 너무 기대한 나머지 신칸센 개찰구 안으로 들어가버렸대."

"그거 안심이네."

어떤 사정인지 굉장히 잘 알겠다.

"안심?"

"나의 타케이관(觀)은 틀리지 않았구나 싶어서."

"하아?"

"오래 기다렸지~~~~!"

바로 그때 미미미와 이즈미가 거의 동시에 도착했다. 시계를 보니 정각 6시. 분 단위로 따지면 세이프, 초 단위로 따지면 지각이라고 할 수 있다. 정말로 저 두 사람답다.

"좋아, 다 모였구나. 다들 음료수 같은 건 샀어?"
히나미가 분위기를 전환하듯 입을 열었다.
"오는 길에 편의점에서 사왔어~!"
미미미가 대답하자 다른 멤버들도 고개를 끄덕였다.
"좋았어! 그럼 가볼까!"
명랑한 목소리로 말한 히나미를 선두로, 우리는 신칸센 개찰구를 지났다.
"오오~~~!! 쓸쓸했다고~~~~~!! 애들아――――!!"
여행을 시작한 지 1분도 지나지 않았건만 마치 감동스러운 재회라도 한 것처럼 외쳐대는 타케이를 무시하면서 우리는 신칸센 승강장으로 향했다.

* * *

"오, 이 근처인가."
승차권 번호를 보면서 미즈사와가 말했다. 우리는 모든 멤버들의 티켓을 미리 끊어뒀다. 이제부터 신칸센을 타고서 오사카로 간다. 숙소에 짐을 맡기고서 그대로 USJ로 갈 예정이다.
"애애! 자리, 어떻게 하지?!"
이즈미가 들뜬 목소리로 말했다.
"아~, 티켓에 적혀 있긴 한데, 이 근방 아홉 좌석 안에서 마음대로 앉아도 돼."

"그, 그렇군요……!"

키쿠치 양이 희한하게 먼저 맞장구를 쳤다. 왜 그랬는지 알 것도 같다.

이번에는 좌석을 한꺼번에 잡아서 발권한 뒤에 아침에 각자에게 나눠주기만 했다. 그러니 누가 누구 옆에 앉을지 딱히 고려하지 않았다. 즉 나눠받은 승차권 번호대로 앉으면 키쿠치 양이 나와 멀찍이 떨어질 수도 있고, 타마 짱이 타케이 옆에 앉을 가능성이 있다. 그것만은 피해야만 한다.

그러나 그때 나는 스스로에게 부여한 과제를 떠올렸다.

여행하면서 보낼 시간이 아직 많이 남아 있다. 그러나 히나미와 둘이서 대화를 나눌 수 있는 최대의 찬스가 아닐까? 물론 모두가 들을 수 있는 곳에서 속 깊은 대화를 나눌 수 있을지는 알 수가 없다. 그러나 오사카에 도착하기까지 2시간이나 남았으니 상황이 우연찮게 진전될 가능성은 있다.

"어~음, 몇 번부터 몇 번까지 잡았더라?"

나는 화제를 유도하면서 제안해보기로 했다.

"8D랑 9~12D, 9~12E야."

좌석을 확인해보니 두 사람이 앉는 좌석 4줄과 그 앞의 한 좌석을 확보한 상태다. 맨 앞 사람만 혼자 앉아야 할 것 같다.

"그럼 각자 갖고 있는 승차권은 신경 쓰지 말고, 이 안에서 자유롭게 앉도록 할까."

내가 제안하자 키쿠치 양이 아주 잘 됐다는 듯이 "맞아요! 그렇게 하죠!" 하고 강하게 긍정했다. 그 반응을 보고서 나는 속으로 망설였다. 흠, 역시나 열차 안에서는 내가 키쿠치 양을 먼저 유도하여 옆에 앉혀야만 할지도 모르겠다.

그렇게 생각했더니…….

"그럼 후카 짱! 나랑 앉자~!"

키쿠치 양을 지명한 사람은 이즈미였다.

"저, 저 말인가요?"

"응! 싫어?"

"그, 그렇지 않아요! 아, 앉도록 할게요!"

"야호~! 아, 창가에 앉을래, 통로 쪽에 앉을래?"

그렇게 두 사람이 근처 자리에 한 사람씩 앉았다. 순간 무슨 일이 벌어졌는지 생각해봤는데……, 잠깐 생각해보니 답을 알 것 같았다.

아마도, 이즈미가 배려해준 거겠지.

이 대목에서 내가 먼저 키쿠치 양을 내 옆에 앉히겠다고 선언한다면 다행이겠지만, 만약에 선수를 놓치거나 어영부영하다가 뒤로 밀리면 키쿠치 양이 고립될 수도 있으니까. 그 가능성을 고려하여 먼저 말을 걸어준 것 같다. 고마운 이야기이긴 하지만, 반대로 말하자면 내가 키쿠치 양을 신경써줄 것 같지 않다고 불신했을 수도 있다. 고맙고도 슬프다.

그러나 이로써 걱정거리가 사라졌다. 내가 누구와 앉든

문제는 없겠지.

그런데 정신을 차려보니 분위기가 경직되어 있었다.

주변을 둘러보니 미미미와 타마 짱이 서로 눈치를 보고 있다.

곰곰이 생각해보니 여성 멤버는 히나미, 미미미, 타마 짱, 이즈미, 키쿠치 양까지 모두 5 명. 현재 키쿠치 양과 이즈미가 함께 앉기로 했으니 남은 사람은 셋이다.

그리고 남자는 나와 나카무라, 미즈사와, 타케이까지 총 4명. 만약에 남자 페어 2조가 만들어진다면 여자들 중 누군가는 혼자 앉아야 한다.

오늘 여행은 히나미의 생일을 축하하기 위해서니 그녀가 혼자 앉는 일은 없겠지.

그렇다면 다음에 구성될 페어에 끼지 못한 여자가 혼자 앉게 되므로…… 모두들 누군가에게 함께 앉자고 권하기가 껄끄러운 거겠지.

어쨌든 누군가가 남을 수밖에 없다면 대화를 하기 위해서라도 이 기회에 내가 아오이를…….

"아오이, 앉자."

자연스레 분위기에 파고드는 부드러운 목소리가 들렸다.

"오~? 웬일이야? 타카히로."

히나미가 새침하게 대답하자 그가 여유롭게 웃으며 대

꾸했다.

"웬일이라니 뭐 이상해?"

"……으으응, 딱히?"

"그럼 잘 부탁해. 창가 쪽에 앉아도 돼. 이따가 사진만 보내줘."

"아하하. 역시 상냥해~."

상황이 그렇게 전개되자 적어도 나와 키쿠치 양은 동요했다. 그리고 이런 상황에 민감해서인지 이즈미도 화들짝 놀라서는 두 사람의 모습을 주시하기 시작했다. 이즈미는 연애담을 매우 좋아하는 사람이므로 어쩌면 미즈사와의 속마음을 알아차렸을지도 모른다. 혹은 단순히 잘 넘겨짚는 구경꾼일지도 모르고.

뭐, 이번 여행의 목적은 히나미를 축하해주는 것이고, '주인공인 히나미를 혼자 앉게 할 수는 없다'는 전제도 있으니 그렇게까지 이상한 행동이라고는 할 수 없겠지. 그러나.

'나…… 이번 여행 때 다시금, 아오이한테 고백할까 해.'

그날 밤 오오미야에서 들었던 말이 머릿속에서 또 되살아났다.

그 말을 직접 들었던지라 내 눈에는 현재 미즈사와의 행동이 단순히 히나미를 혼자 앉도록 내버려 둘 수 없다는 선의에서 비롯된 게 아니고…….

그때 나는 깨달았다.

내가 스스로에게 부여한 목표. 이번 여행 중에 히나미와 둘이서 속마음을 주고받는 것.

그러나 미즈사와도 이번 여행을 통해 거리를 좁혀 히나미에게 고백하고자 결심했다.

애당초 나는 미즈사와도 응원하는 입장이니 미즈사와가 히나미와 적극적으로 대화를 나누려는 것 자체는 반길 일이지만……. 그건 즉 내가 히나미와 대화를 할 수 있는 찬스가 줄어든다는 의미잖아. 그 반대의 경우도 마찬가지고.

즉 앞으로 이어질 1박 2일의 여행 중에 내 최대의 라이벌은──.

"아오이, 그 니트 올해 새로 나온 건가?"

"오옷! 역시 타카히로, 세심하게 잘 보네."

저 남자는 너무나도 스마트하게 히나미를 낚아채갔다.

"……진짜냐."

너무나도 강력한 라이벌이 출현하자 나는 머리를 싸쥐고 말았다. 아군일 때는 마음이 든든했건만 라이벌이 되자마자 난도가 너무 올라갔잖아. 어떻게 적절히 공존할 수 있는 길은 없을까요?

"그럼……."

그 순간 통명스러운 저음이 내 귀에 들렸다. 내 머리가 현실로 되돌아와 상황을 파악했다. 목소리의 주인공은 나카무라였다.

주변을 둘러보니 '우린 물론 한 세트이니…….'라는 느낌으로 미미미와 타마 짱이 이미 좌석에 앉아 있었다. 남은 사람은 나와 나카무라와 타케이 셋이었다. 즉 그중에 한 사람은 혼자 앉아야만 한다. 뭐, 상황이 이렇게 됐으니 혼자 앉는 것도 상관없다고 해야 할까, 새삼스럽지는 않지만, 단순히 말동무가 있으면 여행이 즐거워지는 것도 사실이긴 하지.

그리고── 나카무라가.

"……토모자키, 앉자고."

"어, 응."

나카무라가 권하자 나는 얼떨결에 옆에 앉았다. 으음…… 이건.

"슈, 슈지~~?"

그리하여 타케이의 구슬픈 목소리와 함께 나카무라의 '옆에 앉고 싶은 사람 랭킹'에서 내가 적어도 타케이보다는 앞서 있다는 사실이 판명됐다.

* * *

신칸센이 달리기 시작한 지 몇 분 뒤.

"……."

"……."

나와 나카무라 사이에서 침묵이 흐르고 있었다.

이봐, 네가 먼저 같이 앉자고 권했으니 어색해지지 않도록 애 좀 쓰라고 불평을 내뱉고 싶지만, 나도 딱히 얘깃거리가 떠오르지 않으므로 남 탓 할 처지가 못 된다. 나와 나카무라 사이에 공통화제가 없으니 갑자기 둘이서 대화를 나눠보라고 한들 얘깃거리가 떠오를 리가 만무하지. 어쨌든 나카무라나 나나 마음 가는 대로 살아가는 성격인지라 하고 싶거나, 묻고 싶은 말이 없다면 딱히 입을 열지 않는다.

"——그치~!"

그때 내 귓가에 한 칸 앞 좌석에서 나누는 대화소리가 들렸다. 좌석을 정할 때 페어들이 근처 좌석을 적당히 채워나갔다. 그 결과 내 앞에 미미미와 타마 짱이 앉아 있다. 참고로 내 뒤에는 이즈미와 키쿠치 양, 미미미 앞에는 히나미와 미즈사와, 맨 앞에는 고독한 타케이가 앉아 있다.

그리고 내 의식이 자연스레 어느 한 점, 두 칸 앞에 있는 좌석으로 빨려들었다.

——미즈사와와 히나미의 좌석이다.

"……."

순간, 침묵의 성격이 단순한 침묵에서 히나미와 미즈사와의 대화를 듣기 위한 침묵으로 바뀌었다. 뭐라고 해야 할까, 엿듣고 싶다는 뜻은 아니지만, 미즈사와의 고백 선언을 들었던지라 두 사람의 대화를 무시하려야 무시하기가 어렵다. 더욱이 단둘의 개인 공간에서 나누는 대화를 캐내려는 것도 아니니 범죄행위라고 할 수는 없다. 그러니

합법, 합법입니다.

나는 자기 정당화를 완벽하게 마치고서 차분히 앉아 의식을 미즈사와와 히나미 쪽으로 기울였다. 칵테일 파티 효과라는 단어가 있을 정도이니 의식을 집중하면 대화 내용도 들리겠지.

"———말인데요오?!"

"~~~~말이에요오?!"

"……인데굽쇼?!"

그러나 히나미 앞에 앉아 있는 타케이가 목청껏 미미미와 타마 짱의 대화에 끼는 통에 그 목소리밖에 들리지 않았다. 나는 이맛살을 찌푸리면서 한숨을 하아 내쉬었다.

"뭐야, 너. ……혹 속이 울렁거리거든 내 쪽으로 토하지 마라?"

내가 어지간히도 인상을 찡그렸는지 나카무라가 엉뚱한 의심을 했다.

"아아, 아니, 괜찮아……."

나는 곧바로 대화 엿듣기를 포기했다.

* * *

"그러고 보니 말이야."

신칸센이 출발한 지 수십 분 뒤. 창가 좌석에서 턱을 괴고서 지루하게 경치를 바라보고 있던 나카무라가 불현듯 입을 열었다. 참고로 나카무라는 사전에 양해도 구하지 않고 창가에 불쑥 앉았고, 나는 어느새 이쪽에 앉게 됐다. 뭐, 나는 어느 쪽에 앉든 괘념치 않는 파이지만, 기본적으로 상석으로 인식되는 창가 좌석을 무단으로 빼앗겼다는 사실이 나와 나카무라의 관계를 보여주는 것 같아 괴로웠다. 돌아오는 길에는 내가 먼저 무단으로 창가 좌석에 앉아주마.

"응?"

"서프라이즈, 뭐 하기로 했냐?"

"아……."

그 질문을 듣고 나는 두 칸 앞 히나미 좌석을 힐끗 쳐다봤다. 혹 들릴까 봐 우려가 되긴 하지만, 귀를 아무리 기울여도 무슨 이야기를 하는지 통 들리지 않으므로 이쪽 목소리도 들리지 않겠지.

"뭐, 저기…… 게임 관련."

"아~ 역시 그거냐."

"역시라니?"

내가 묻자 나카무라가 표정을 거의 바꾸지 않고 말을 이었다.

"그게, 너 왠지 아오이의 그런 부분을 잘 아는 눈치였잖아. 그래서 겹치지 않도록 고민했지."

"겹치지 않도록……."

그 말을 들으니 조금 궁금해졌다.

"나카무라랑 이즈미는 뭘 하기로 했어?"

"아~…… 뭐, 우린, 감동 계열?"

"감동?"

내가 어리둥절해하며 물었지만 나카무라는 더 이상 알려주지 않았다.

"뭐, 기본적으로 유즈한테 맡긴 느낌이야. 그 녀석 그런 걸 무지 좋아하잖아."

"확실히…… 기합을 팍팍 넣었을 것 같긴 하네."

합숙에 대한 보답이라고도 했으니 이번 여행을 위해 쏟은 마음도 남들보다 더 절실한 듯하다.

우리도 제법 고민한 끝에 오리지널 게임을 선물하기로 했다. 어쩌면 이즈미가 히나미 아오이 기쁨 주기 선수권의 강력한 라이벌이 될지도 모르겠다.

"근데, 너희 쪽도 기합이 상당히 들어간 것 같던데. 특히, 타카히로가."

"어? 으음…… 어, 응."

느닷없이 미즈사와의 이름이 나왔다. 그 선언을 들었던 지라 뭐라 대답해야 좋을지 난처하다. 그거 무슨 의미로 말한 거지?

"특히 미즈사와가…… 왜?"

잠시 뒤 머뭇거리고서 대답하자 나카무라가 노골적으로

눈썹을 찡그렸다.

“왜냐면 저 녀석, 아오이를 제법 마음에 담아두고 있잖아.”

나는 그 말을 듣고 놀랐다. 둔감하기로 소문이 자자한 나카무라도 알아차렸을 정도니 상당히 내색하고 있나 보다. 뭐, 키쿠치 양이나 아시가루 씨에게도 선선히 선언했을 정도이니 숨길 생각이 없다 이 말인가?

“아…… 확실히 그렇긴 하지.”

“오호, 너도 눈치챘냐? 제법인데.”

“어, 응.”

나카무라가 의기양양하게 말하자 나는 무난히 맞장구를 쳤다. 대체 무슨 근거로 본인이 민감하다는 전제로 얘기를 하는 거냐고 딴죽을 걸고 싶었지만, 이곳은 도망칠 데가 없으므로 완력이 강한 쪽이 압도적으로 유리한 필드다. 그래서 나는 그 말을 목구멍으로 꾹 삼켰다.

“그래서, 뭐, 좀 안심했어.”

“안심?”

나카무라의 입에서 예상치 못한 말이 튀어나오자 나는 관심이 갔다.

“뭐라고 해야 하지. 그 녀석 말이야, 기본적으로 사람한테 흥미가 없잖아.”

“아~…….”

그건 조금 알 것도 같다. 뭐, 콘노 에리카에게 한 방 먹여줬던 사건 이후로 어째선지 나를 순정만화 속 재미난 히로인 카테고리에 넣고는 흥미를 보이긴 했지만, 미즈사와가 기본적으로 주변 사람에게 무관심하다는 사실은 가만히 지켜보면 알 수 있다.

미즈사와는 언제나 나나 히나미나 최근에 만났던 아시가루 씨처럼 '평범'한 범주에서 벗어난 사람들에게만 흥미를 보인다.

"내가 집안일로 골치깨나 썩고 있었을 때, 내가 먼저 얘기를 꺼내지 않는 이상 타카히로는 철저히 거리를 두고서 지켜보기만 했지. 뭔 뜻인지 알겠어?"

"아니, 응. 알아."

뭐라고 해야 할까, 내 개인주의하고도 조금 비슷하다. 만약에 상대가 곤경에 처했다고 해도 도움을 먼저 요청하지 않는 한 미즈사와는 관여하지 않겠지. 나는 **관여할 권리가 없다**고 여기고 있으니 조금 다르긴 하지만.

"타케이는 '슈지~! 날 의지해줘~!' 하고 숨이 막힐 만큼 걱정해주긴 했지만. 걘 달리 친구가 없는 거냐."

"하하하. 확실히 정반대네. 냉정과 열정이라고 해야 하나."

그래서 어떤 의미에서 이 그룹의 균형을 잡고 있는 사람은 의외로 나카무라일지도 모른다.

"……근데 어째서 그게 안심이 된다는 거야?"

나는 궁금해져서 나카무라에게 물었다.

그러고 보니 나는 미즈사와와 둘이서 대화를 나누기도 하고, 남에게는 말 못하는 속내를 서로 털어놓기도 했다.

그러나 나 말고 다른 사람이 미즈사와라는 사람을 어떻게 보고 있는지 몰랐다.

나카무라는 잠시 생각하고서 여전히 나를 쳐다보지 않고 입을 열었다.

"그 녀석은 기본적으로 욕심이 적다고 해야 하나, 튀지 않도록 상황에 잘 맞춘다고 해야 하나, 뭔가 하고 싶다는 얘기를 꺼내지 않는 타입이잖아."

"뭐, 확실히, 영리하게 살고 있다는 느낌이지."

나는 수긍했다.

"그래서, 나처럼 자아가 강한 타입이랑 상성이 좋은 거야."

"자각하고 있는 거냐……."

왕이 왕으로서 자각하고 있었던 모양이다. 그렇다면 적당히 좀 해줬으면 좋겠다.

"근데 아오이한테만은 뭐라고 해야 할까, 은근 적극적이라고 해야 하나, 진솔한 면을 드러내는 것 같아서 말이지."

아주 공감할 수 있는 이야기였다.

여름방학 합숙 이후로 그 녀석은 본인이 형식에 얽매여 차갑게 살아가는 것에 의문을 품었다. 그리고 벗어나기 위해서 몸부림을 쳤다.

그리고 그것이 이 둔감한 나카무라에게까지 전해졌다는 소리는…… 그 행동이 결과로 상당히 드러나고 있다고 할 수 있겠지.

"요즘에 타카히로가 점점 내 의견에 잘 안 맞춰준다고

해야 하나. 먼저 어딜 놀러 가자고 강하게 주장하기도 하고, 종종 '하고 싶은 게 있다'면서 약속 당일에 캔슬하기도 하고. ……요전 일요일에도 당했지."

"……요전 일요일."

나는 미즈사와가 그날 왜 약속을 취소했는지 짐작 가는 바가 있었다. 그러나 일단 안전을 위해서 언급하지 않는 편이 나을 것 같아서 미즈사와에게서 배운 대로 하하하, 하고 무난하게 웃었다.

물론 그런 낌새를 눈치채지 못한 나카무라는 창가 좌석의 특권을 충분히 누리고자 고속으로 흘러가는 경치를 입꼬리만 살짝 올린 채 바라보고 있었다.

"뭐, 가끔 귀찮기도 하지만…… 그 녀석도 그렇게 사는 편이 더 즐겁겠지."

* * *

흔들리는 신칸센에서 2시간쯤 보내니 신오사카역에 도착해 있었다.

"타마~! 재미 좀 보고 있나~?!"

"벌써 물들었니!"

신칸센에서 내리자마자 미미미가 큰소리로 엉터리 간사이 사투리로 떠들자 타마 짱이 딴죽을 걸었다. 우리는 오사카에서도 변함없는 대화를 들으면서 플랫폼을 둘러봤다.

자세히 보니 경치가 낯설기는 하다. 그러나 사이타마나 도쿄의 풍경과 크게 다르냐면 꼭 그렇지도 않다. 익숙한 지도 내부를 크게 이동했다는 실감은 나지 않지만, 지금 오사카에 있는 건 확실하다. 왠지 신기한 감각이다.

"굉장해! 정말로 오사카라고 적혀 있어!"

이즈미가 역 간판을 보면서 영문을 알 수 없는 감동에 젖어 있었다. 나카무라가 "그야 당연하지" 하고 딴죽을 걸었다.

"나, 오사카에 처음 와봤어."

히나미가 살짝 튀는 목소리로 말하자 미즈사와가 말을 건넨다.

"아오이가? 오호, 의외네."

그런 느낌으로 스스럼없이 대화를 주고받는 두 사람이 자꾸만 신경이 쓰이는 이유는 내가 지나치게 의식해서일까? 그러나 그런 선언을 들었으니 어쩔 수 없는 거 아닐까.

걸음이 조금 느린 키쿠치 양도 감동한 것처럼 입을 열었다.

"괴, 굉장해요. 오사카예요."

"키쿠치 양은 처음?"

"으, 응. 토모자키 군은?"

"난 옛날에 가족끼리 와본 적이 있다고 하더라고.

"……있다고 하더라?"

"응. 유치원생 시절에 왔으니 거의 기억이 나질 않아. 그러니 이번이 사실상 처음일지도."
"후후, 그럼 똑같네요."
"아하하, 그러게."
아무래도 키쿠치 양은 첫 경험을 공유하는 걸 좋아하는 듯하다고 학습하면서 천천히 걸어가고 있으니 우리 두 사람만이 일행보다 뒤처졌음을 깨달았다.
"아, 거리 좀 벌어졌네요."
"그러게."
왠지 키쿠치 양과 둘이서 여행을 하고 있는 듯한 기분도 들어서 조금 두근거린다. 다 함께 여행을 오긴 했지만 이 시간이 되도록 오래 이어지길 바란다. 그런 생각마저 들었다.
"우오~! 뚝돌이, 저길 봐! 진짜로 오른쪽에 서 있는뎁쇼?!"
분위기를 박살 내듯 타케이가 큰소리로 우리에게 말을 걸어왔다. 하하하, 이 녀석. 타케이는 늘 타이밍이 나쁘다.
"오오……? 진짜! 정말이네!"
그런데 타케이가 가리킨 방향으로 시선을 돌리니 사람들이 에스컬레이터 오른쪽에 서 있는 광경이 펼쳐져 있었다. 나도 덩달아 소리를 높였다. 동일본에서는 왼쪽에 서고, 서일본에서는 오른쪽에 선다는 그 유명한 이야기 말이다. 나는 이런 신기한 현상 앞에서 살짝 흥분하는 성격인지라 그만 타케이와 감동을 공유하고 말았다. 같은 레벨인 것 같아서 분하다. 그러나 신기한 건 사실이니 어쩔 수 없다.
"재밌구나아아?!"

"그러게. 왜 이렇게 된 거지……, 같은 나라 안인데……."

그런 대화를 나누다가 문득 정신을 차리고서 뒤를 돌아보니 키쿠치 양이 나와 타케이의 모습을 흐뭇하게 봐주고 있었다. 다행이다.

"히로! 이제부터 어떻게 가면 돼?"

이즈미가 난처해하며 미즈사와에게 의지했다.

"일단, 언리미티드 역에서 조금만 걸어가면 되는 곳에 숙소를 잡아뒀고…… 체크인하기 전에 짐만 미리 맡겨둘 수 있으니 우선 거기부터."

"라저! 마이하마역 같은 곳?"

"아아, 맞아, 맞아."

"오케이~! 나, 검색해볼게!"

미즈사와가 반쯤 건성으로 대답하자 이즈미가 스마트폰을 열심히 조작하기 시작했다. 미즈사와는 참모고, 이즈미는 실행대장 같다는 느낌이다.

"도카이도산요? 본선이래! ……어?! 오사카역에서 10분이면 도착?! 마이하마보다 편리하잖아!"

어찌나 꿈의 나라를 좋아하는지 마이하마를 기준으로 모든 것을 판단하던 이즈미가 USJ가 도심에서 가깝다는 사실을 알고서 놀라워했다. 그런데 나도 조사해보고서 깜짝 놀라긴 했지. 오사카역에서 다섯 정거장 정도만 가면 USJ가 나온다. 엄청 편리하다. 그에 비해 마이하마역은 오오미야역에서 한 시간 정도 걸리니 분발 좀 해줬으면 좋겠다.

"으음, 7번 플랫폼이래!"

"그렇군…… 어디 보자, 7번 플랫폼……."

미즈사와가 말하면서 주변을 둘러봤다. 좋아, 내가 나설 차례인지도 모르겠다.

"미미미!"

"브레인, 왜 그래!"

"7번 플랫폼은 어느 쪽이야?"

"어?! 어어…… 이쪽인 것 같아! 왼쪽!"

"고마워. 미즈사와, 오른쪽이야."

"라저."

"왜?!"

나는 길치인 미미미의 의견을 역으로 이용하면서 언리미티드 역으로 향했다. 참고로 오른쪽이 정답이었다. 역시 미미미, 믿을 수 있다.

* * *

"오오~~!"

그리고 우리는 언리미티드역에 도착했다.

개찰구를 내려오니 거대한 공룡 간판이 느닷없이 우리를 맞이했다. 아직 USJ 안으로 들어가지 않았는데도 가슴이 세차게 뛰기 시작했다. 아침인데도 관광객들이 역 앞에 넘쳐나고 있다. 역시 간사이 최대 테마파크답다고 해야 하나.

"이제 코앞인데 아직 갈 수가 없다니…… 애가 타!"

미미미가 절절히 원통해하고 있다.

그러나 우리는 각자 커다란 배낭이나 캐리어를 갖고 있어서 이대로 USJ에 곧장 갈 수는 없다. 그래서 우선은 짐을 맡기기 위해 숙소로 향했다.

"숙소는 유즈가 잡았다고 했던가?"

미즈사와가 묻자 이즈미가 고개를 끄덕였다.

"응. 역시 리미티 근처 주말 오피셜 호텔은 우리한테는 너무 비싸서……."

이즈미가 아련한 눈빛으로 말하자 미미미가 "현실적인 선택, 고맙습니닷!" 하고 경례했다.

그로부터 10분쯤 걸었다.

우리는 USJ 인근에 있는 숙소에 도착했다.

"오호! 이런 느낌이구나!"

타마 짱이 말하자 미미미도 고개를 끄덕였다. 그곳은 호텔이라기보다 멋들어진 집합주택처럼 생긴 건물이었다. 외국인이 숙박할 법한, 이른바 게스트 하우스 같은 분위기가 풍겼다.

1층에는 커다란 공유 공간이 있고, 그곳을 중심으로 도미토리룸 같은 객실들이 배치된 듯하다. 참고로 사전에 공유받은 정보에 따르면 생일을 맞이하는 여자애가 있다는 사실을 예약하면서 말했더니 그날 밤에 그 공간을 빌려주겠단다. 이게 바로 현지의 따뜻한 정인가?

"잘 부탁합니다!"

입구로 들어가 접수처에 커다란 짐들을 맡겨나갔다. 2, 3인용 방을 4개 잡았다고 하니 남자들은 둘이서 한 방씩, 여자들은 2명과 3명으로 나누어 한방씩 쓰기로 했다.

방 배정은 자연스럽게 서프라이즈를 논의할 수 있는 형태로 이뤄졌다. 토모자키 · 미즈사와 페어, 나카무라 · 타케이 페어, 미미타마 페어, 그리고 히나미와 키쿠치 양, 유즈가 같은 방을 쓰기로 했다.

그리고 방마다 미리 짐을 맡길 수 있단다. 남자들이 먼저 짐을 맡기고서 밖에서 기다리고 있으니 잠시 뒤 미미미의 명랑한 목소리가 들렸다.

"짜잔!"

유리문을 열고서 나온 미미미는 녹색 모자를, 이즈미는 아메리칸풍 컬러풀한 캐릭터 카추샤를 착용하고 있다. 아마도 미리 구입해둔 모양이다. 준비성 한 번 끝내준다.

"역시 리미티하면 이거지!"

"그렇고말고!"

이즈미가 선언하자 미미미가 동의했다.

"뭐, 확실히 쓸 수밖에 없긴 하지!"

"으~음, 뭐, 상관없긴 하지만……."

그다음에 나온 사람은 신난 기분을 드러내고 있는 히나

미와 별수 없다는 표정을 짓고 있는 타마 짱이었다. 타마 짱은 미미미와 동일한 모자를 쓰고 있다. 아담해서 작은 동물처럼 생긴 타마 짱과 나름 잘 어울린다. 히나미는 미미미와 타마 짱이 쓴 모자와 모양은 같으면서도 색깔은 다른, 즉 빨간 모자를 쓰고 있다. 이른바 주인공 모자다. 뭐, 이번 여행의 주인공이 맞긴 하니까.

그리고 그때 내 눈은 자연스레 어느 한 여자애를 찾고 있었다.

왜냐면 네 사람이 모자를 쓰고 있다는 건…….

"……으음, 좀, 부끄러워요."

그 여자애를 찾을 수 있는 실마리인 맑은 목소리가 들렸다. 소리가 난 쪽으로 시선을 돌리니 이즈미와 동일한 카추샤를 착용한 요정의 모습이 보였다.

"아아……."

내가 감탄과도 같은 소리를 흘리자 얼굴이 새빨개진 키쿠치 양과 눈이 맞았다. 그리고 둘 다 창피함을 견디지 못하고 누가 먼저인지 따질 새도 없이 동시에 눈길을 홱 돌려버렸다.

그때 옆에서 풋, 하고 웃는 소리가 들렸다.

"……뭐야."

그 웃음의 주인공은 나카무라였다. 나를 바보 취급하듯 히죽 웃고 있다.

"너희들, 참 풋풋하네."

"……시끄러."

데이트를 여러 번 했지만 귀여운 걸 어쩌란 말이야. 오히려 이 감각을 잊어버리지 않은 점을 칭찬해줬으면 좋겠다.

"저기…… 잘 어울려."

"고, 고맙습니다……."

"거기, 꽁냥꽁냥거리지 마!"

타마 짱에게 주의를 받으면서 우리는 드디어 USJ로 향했다.

* * *

"우린 다시 이곳에 섰노라!"

짐을 맡기고 만반의 준비를 마친 뒤에 언리미티드 시티역으로 돌아오니 미미미가 몹시 흥분하여 포즈를 취했다.

"근데 굉장하네. 벌써 USJ에 들어간 것 같아."

히나미가 그렇게 말하면서 주변을 둘러봤다. 분명 USJ 입구는 여기서 몇 분 더 걸어가야만 나온다. 그런데 조금 걸어가니 유명 영화 속 고릴라가 빌딩을 오르는 모습이 그려진 간판과 멋들어진 USJ 굿즈 전문점, 평소에는 거의 볼 수 없는 서양풍 피자 가게가 보였다. 그뿐만 아니라 맥도날드나 모스버거 같은 평범한 체인점들도 늘어서 있어서 다국적인 분위기를 연출하고 있다. 해외 할리우드 영화 같은 팝한 분위기와 최신 게임이나 애니메이션의 느낌이 뒤

섞인 거리가 펼쳐져 있어서 우리의 기대감이 부풀었다.

"어쩌지?! 화장실에 다녀오는 편이 좋으려나?!"

"아니, 안에 화장실이 없는 것도 아니니까."

"아! 그런가!"

영문을 알 수 없는 걱정을 전개하는 이즈미와 냉정하게 딴죽을 거는 나카무라의 균형감이 훌륭하다.

"애, 애들아, 저기!"

이즈미가 감동한 투로 말했다. 게이트 앞에 이르자 USJ 하면 떠오르는 그것이 시야에 확 들어왔다.

3월의 푸른 하늘과 솟구치는 물보라를 배경으로 천천히 회전하는 커다란 지구 모형. 'UNLIMITED'라는 글자가 그것을 에워싸고 있다. 아마도 영상으로 수백 번은 봤을 그 모형이 눈앞에 솟아 있다.

"오오~!! 이거! 진짜 지구다!"

"굳이 따지자면 진짜 지구는 아닌데?"

타케이가 미묘하게 성가신 말실수를 하자 일단 딴죽을 걸면서 나도 감동에 젖었다. 두 눈으로 직접 보니 입체감이라고 해야 하나, 존재감이 전해져서 박력이 대단하다. 진짜 지구라고 외치고 싶은 그 심정을 알 것도 같다.

"저기, 애들아! 사진 찍자~!"

"좋은 생각이야! 나, 여기서 사진 찍고 싶었어!"

미미미가 제안하자 이즈미가 흔쾌히 동감했다. 우리는 흘러가는 대로 그 앞에 섰다. 나는 사진을 찍고 싶다는 감정을 잘 느끼지 못하는 편이다. 그러나 역시나 이 지구 모형 앞에서는 사진을 찍고 싶다는 기분이 들었다. 유명한 업적을 해제하고 싶다는 소망에 가깝다.

"고맙습니다~! 부탁드려요!"

미미미가 타고난 커뮤니케이션 능력을 재빨리 발휘하여 사진을 찍어줄 사람을 찾아줬다. 촬영이 순조롭게 진행되었다.

"물론, 아오이가 맨 가운데!"

"아하하, 알겠어, 알겠어."

그렇게 등 떠밀리는 오늘의 주인공은 쓴웃음을 지으면서도 왠지 즐거워 보였다.

"자, 치즈."

"""귀정!"""

그런 느낌으로 히나미를 에워싸면서 우리는 입장 게이트 근처에 있는 거대한 지구 앞에서 진부한 기념사진을 찍었다. 뭐, 미미미도 진부한 게 가장 맛있다는 소리를 자주 하곤 하지. 인생, 꽤 이해가 됐다.

* * *

"잘 부탁합니다~!"

우리는 입장 게이트 창구에서 사전에 예약해뒀던 티켓 번호를 스마트폰으로 제시하여 인원수대로 티켓을 발급받았다.

그리고…… 이 대목에서 히나미를 위한 첫 번째 서프라이즈가 준비되어 있다.

티켓을 받은 뒤 미미미가 히나미의 어깨를 툭 두드리며 접수처를 향해 이렇게 말했다.

“언니! 얘가요, 오늘 생일이에요!”

“오오~! 축하드려요~!”

“아하하, 감사합니다.”

히나미가 조금 당황하며 스태프에게 감사 인사를 했다.

“생일을 맞이한 언니는 오늘 이걸 눈에 띄는 곳에 부착하고서 테마파크를 돌아다녀 주세요~.”

스태프가 ‘Happy Birthday!’라고 적힌 노란색 훈장처럼 생긴 스티커를 미미미에게 건넸다.

“어?”

“자, 부착!”

미미미가 히나미의 가슴에 눈에 띄는 노란색 스티커를 부착했다.

그렇다. USJ에서는 생일이라고 선언한 사람에게만 주는 스티커가 있다. 그걸 부착하고 있으면 테마파크 각지에서 특별한 대우를 받을 수 있다고 한다.

“아~…… 그런 거구나.”

모든 것을 이해했는지 히나미가 체념한 표정으로 받아들였다. 예쁘장하게 생겨서 가뜩이나 눈에 띄는 히나미에게 또 다른 요소가 추가됐다.

"이거, 좀 부끄러운 걸?"

평소에는 잘 하지 않는 장식을 한 히나미가 익살맞게 반응하자 그 모습을 보고서 모두들 환하게 웃었다. 그러나 나와 키쿠치 양과 미즈사와 셋만은 그 연기를 보고서 왠지 심정이 복잡해졌겠지. 분명 히나미는 상상할 수 있는 범위 안에 속한 형식으로는 마음이 흔들리지 않는다.

그렇게 생각했을 때 미미미가 접수처 누나에게 이렇게 말했다.

"언니! 이거 5개 정도 더 줄 수 없을까요?!"

"예~! 좋아요~!"

"어?"

히나미와 그리고 나를 포함한 주변 사람들은 무슨 상황인지 파악하지 못했다. 그리고 스티커 5개를 받은 미미미는 그것을…….

"좋았어~! 이제 사각(死角)은 없다!"

히나미의 오른쪽 어깨와 왼쪽 어깨, 등에다가 각각 1개씩, 그리고 치마에도 2개나 눈에 확 띄도록 붙였다.

"이렇게 해놨으니 어느 각도에서 아오이를 보더라도 생일임을 알 수 있어! 완벽!"

"얘, 미미미, 이렇게까지 해야 해?"

가뜩이나 빨간 모자에다가 교복까지 입어서 눈에 띄건만 그것도 모자라서 스티커가 모두 6개나 부착되어 있다.

더할 나위 없이 USJ를 즐기는 사람처럼 보이는 히나미 아오이가 이곳에 충격적으로 탄생했다. 평상시와의 갭이 굉장하다. 역시나 저 모습은 나도 좀 웃기다.

남이 해주는 대로, 어떤 의미에서 어벙하게 변신한 히나미가 창구 근처에 달린 작은 거울에 비친 자기 모습을 보고서는 살짝 떨떠름해하며 쓴웃음을 지었다.

"아! 생일 축하드립니다~."

마치 추가타를 날리듯 청소를 하고 있던 스태프가 히나미의 스티커를 발견하고서 말을 건넸다.

"아하하! 감사합니다!"

히나미가 태연하게 대답했다. 온몸에 스티커를 덕지덕지 붙였을 때는 역시나 조금 당황한 듯했지만, 역시 히나미 아오이다. 금세 이 상황에 적응했다.

"저 누나, 스티커 잔뜩 받았어! 나도!"

"음~? 아아, 저건 말이지. 생일이어야만 받을 수 있는 스티커란다. 그래서 요시 군은 안 돼."

"아~! 그렇구나~! 누나! 생일 축하해!"

"아하하…… 응, 고마워!"

아이가 너무나도 천진난만하게 축하해주자 히나미는 살짝 놀라면서도 대답을 했다. 방금 보여준 그 반응이 어디까지 진심인지 모르겠지만, 내가 판단하기로는 저 한순간만은 그 녀석의 본모습이 드러난 것 같았다. 원래 히나미는 본인이 조종할 수 없는 타인의 의지에 휘말리는 것을 제일 거북해하니까.

"나 참…… 들어간 지 몇 분이나 됐다고 이래?"

"훗훗훗! 아오이, 이제부터가 시작이라니까~?!"

"예예, 기대하고 있을게요."

그렇게 히나미 아오이의 버스데이가 시작됐다. 그녀는 이 세례를 기쁘게 여겼을까, 아니면 그저 담담하게 사실로서 받아들였을까?

진정한 의미에서 그 녀석의 속내를 모르기에 나는 알 수가 없었지만……, 적어도 나 자신은 히나미에게 기념할 만한 오늘을 진심으로 즐기며 진심으로 축하해주자. 아마도 그 단순함이 중요하겠지.

* * *

짐 검사와 티켓 확인 과정을 통과한 뒤 우리는 드디어 USJ에 입장했다.

"오오……."

들어가자마자 옛날 미국 같은 경관이 눈앞에 펼쳐졌다. 쭉 늘어선 서양풍 건물 앞에 야자수처럼 키가 큰 나무가 같은 간격으로 심겨 있다. 짙은 초록 잎과 푸르른 하늘이 눈에 선명히 비쳤다. 사방에서는 고저스한, 이른바 영화스러운 음악이 들려왔다. 자그마한 축제가 열린 해외의 어느 거리를 연상케 했다. 장식으로 세워놓은 표식에조차 'STOP'

을 비롯한 영어 단어들이 적혀 있어서 왠지 재밌었다. 그곳에 가만히 있기만 해도 가슴이 공연히 두근거렸다. ……그런데.

“애들아, 따라와!”

감상에 젖을 새도 없이 우리는 오로지 이즈미의 뒤를 쫓았다.

“뛰지는 않되 되도록 빠른 걸음으로!”

이즈미가 절묘하게 어려운 지시를 내리면서 앞장서서 걸어갔다. 그 표정은 퍽 진지했다.

그녀의 말에 따르면 개장 직후는 인기 어트랙션을 일찍 탈 수 있느냐 없느냐, 하는 명운이 걸린 중요한 시간이란다. 아마도 효율적인 순회 경로를 사전에 조사해온 모양이다. USJ를 향한 엄청난 진심이 느껴졌다.

참고로 이렇게 걷고 있는 동안에도 덕지덕지 붙은 스티커 덕분에 본의 아니게 생일임을 격렬하게 과시하고 있는 히나미가 여러 스태프에게 축하 인사를 받았다. 좋아, 더 축하를 받으라고.

“유즈, 처음에 어딜 가고 있는 거야?”

“할리우드 파이어 플라이트야! 백드롭하는.”

“흐음.”

나카무라와 이즈미의 대화를 옆에서 듣고 있으니 누군가가 내 팔을 낮은 곳에서 툭툭 두드렸다. 돌아보니 종종걸음을 치고 있는 타마 짱이 있었다. 보폭이 좁아서 남들보다 더 부지런히 발을 놀리고 있다.

"토모자키, 그게 뭔지 알아?"

"음…… 아마도."

USJ에 가려면 역시나 사전 정보가 중요하리라는 게이머의 마음으로 나 역시 어트랙션이나 음식 등을 미리 조사해 두긴 했다. 그리고 그 정보에 따르면 방금 이즈미가 언급했던 어트랙션은…….

"일반 절규 머신과는 달리 역방향으로 달리는 녀석이야. 탑승자를 상하좌우로 엄청나게 휘두르는, USJ에서도 특히 무섭다고 알려진 어트랙션."

"오호! 그렇구나! 재밌겠네."

타마 짱이 딱히 동요하지 않고 담담하게 대답했다. 별로 무섭지 않다는 느낌이다. 타마 짱은 거짓말을 모르는 여자애이니 허세를 부리는 게 아니라 절규 머신을 꺼려하지 않는 거겠지. 왠지 죽지만 않으면 괜찮다고 태연하게 생각하고 있을 것 같다.

참고로 나는 중학생 이후로 유원지에 가본 기억이 없는지라 절규 머신을 잘 타는지 모르겠다. 그러나 뭐, 죽지만 않으면 괜찮지 않을까 싶긴 하다.

"나, 나도 무섭긴 한데…… 가장 인기가 많아서, 지금 도망치면 엄청 오래 기다려야 하니까!"

"흐~음……. 근데 뭐, 그럼 다른 어트랙션을 타면 되지 않나?"

무서워하면서도 도전해보고 싶어 하는 이즈미에게 어째선지 나카무라가 도주로를 열어주는 듯한 발언을 했다.

"모처럼 왔으니까 타보고 싶어! 제일 인기래!"

"뭐…… 그러면 할 말이 없긴…… 한데."

역시나 나카무라가 뜨뜻미지근한 대답을 계속했다.

……흠, 이건.

"……나카무라, 혹시 절규 머신을 질색하는 거야?"

내가 말하자 나카무라가 찌릿 째려보고는 주먹을 쥐고서 내 어깨 쪽으로 뻗었다. 그러나 나는 똑같은 기술에 두 번 당하지 않는다. 아니, 정확히 말하자면 이미 여러 번이나 당한 적이 있으니 똑같은 기술에 다섯 번이나 당하지 않도록 미리 예측하여 나카무라와 거리를 쓱 벌렸다. 저 반응을 보니 아마도 빙고인가 보다. 솔직히 말하면 될 텐데.

"첫……."

"야호! 다 왔어!"

이즈미가 앞에 있는 어트랙션을 쳐다봤다. 놀이기구가 엄청난 속도로 상하좌우 마구 돌아다니고 있다. 아래에서 보기만 해도 박력이 대단하다. 절규 머신이라는 그 이름대로 승객이 지르는 비명이 들려왔다.

그리고 기구에서 내려온 승객들이 '너무 지독하다'는 표정으로 비틀거리며 걸어오는 모습이 보였다. 누가 봐도 기진맥진이다. 식은땀을 흘리는 사람까지 있었다.

이즈미는 눈을 깜빡거리며 그 장면을 지켜봤다.

"……근데 어떻게 할까? ……진짜로 타? 이거?"

"이봐, 네가 말했잖아."

나에게조차 놀림을 받은 나카무라가 이즈미에게 딴죽을 걸었다.

* * *

제일 인기라는 할리우드 파이어 플라이트 앞에서 줄을 선 지 수십 분 뒤. 몇 팀만 탑승하면 드디어 우리의 차례가 돌아온다.

"이거 분위기가 꽤나 있네요~."

"아, 다들 벌벌 떨고 있어."

어트랙션의 내부 장식은 할리우드 영화의 세계관을 재현한 듯했다. 줄이 줄어들수록 사방이 점점 어두워지고 음침해져갔다. 동굴 같은 통로에 배치된 해골 장식이 이 어트랙션의 공포를 암시하는 듯해서 우리의 불안감을 부채질했다.

"스, 슬슬 우리 차례네요……."

"그러게. 괜찮아?"

"무섭긴 하지만…… 그보다도 기대가 돼요."

내 옆에서 키쿠치 양이 두려워하면서도 앞쪽을 흥미롭게 쳐다봤다. 키쿠치 양은 역시나 소설가 기질이라고 해야 하나, 이런 상황에서 호기심이 앞서는 타입이구나.

개장하자마자 곧장 온 덕분에 이즈미가 의도한 대로 제일 인기를 끄는 어트랙션인데도 그리 오래 기다리지 않고 탑승을 코앞에 둘 수가 있었다. 조금이라도 늦으면 대기 시간이 한 시간이나 백 분까지 늘어난다고 하니 확실히 일찍 오는 게 정답이었는지도 모르겠다. 역시 테마파크 열혈 팬답다.

"이, 이런…… 심장이 쿵쾅거려……."

이즈미가 아까 전 승객들을 보고서 공포심이 솟았는지 불안해하는 기색이 역력했다. 키쿠치 양이 그런 이즈미를 걱정하듯 "괜찮나요……?"하며 다독여주고 있다. 대천사 키쿠치 양은 착한 심성으로 가득하다.

문득, 조금 뒤에서 대기줄 너머를 멍하니 쳐다보고 있는 히나미가 눈에 띄었다.

나는 몇 걸음 앞으로 다가가서는.

"……히나미."

"응?"

내가 갑자기 말을 걸자 히나미가 약간 놀란 표정을 지었다. 이번 여행에서 처음으로 내가 먼저 히나미에게 말을 건넸다.

틀림없이 여기서 속내를 말해줄 리가 없다. 그래도 나는 이 녀석에게서 속마음을 들을 때까지 몇 번이고 대화를 나누고 싶었다.

"히나미는 이런 거, 안 무섭나?"

"……으~음. 글쎄."

내가 묻자 히나미가 잠시 생각하듯 뜸을 들였다. 이 질문에 어떻게 답을 할지 고민하는 시간인지, 아니면 여태껏 먼저 말을 걸지 않았던 내가 하필 여기서 갑자기 말을 건네서 놀란 건지. 뭐, 일주일 전에 그런 LINE을 보냈지만 지금까지 답장이 없는 것으로 보아 히나미가 나를 피하고 있는 건 명백하다. 나와 대화를 나누는 데 적잖은 거부감이 있겠지.

"난 유원지 같은 델 가도 실은 절규 머신을 타지 않는 타입이거든. 그래서 잘 몰라!"

"……그렇구나."

되돌아온 대답은 물론 가면을 쓰고서 내뱉은 의미 없는 단어들. 내가 먼저 말을 걸긴 했지만, 역시나 현 상황에서 히나미가 이런 모드로 나를 대하니 마음이 괴로웠다.

마치 말을 섞으면 섞을수록 본질에서 점점 멀어져가는 듯한 감각이 들어서.

그러나. 아까 전에 지나가던 어린애가 무심코 던진 축하에 히나미가 놀랐듯이 이렇게 대화를 거듭하다보면 언젠가 실마리를 찾을 수 있을지도 모른다.

그래서 나는 가면이 붕괴하길 바라는 바람도 담아서 말했다.

"히나미가 무서워서 눈물콧물을 질질 짜기를 기도할게."

"아하하. 토모자키 군이야말로 도중에 도망치지나 말지?"

나는 아직 **히나미**와 대화를 나눌 수가 없었다. 그러나 그 안에 있는 내면에 내 목소리가 조금씩 닿는다면 그것으로 족하다. 강적을 상대할 때 어떤 디버프가 통하는지 확인하는 것은 보스 공략의 기본이다.

* * *

"드, 드디어 와버렸는뎁쇼?!"

타케이가 외치며 고개를 들었다. 정신을 차려보니 대기줄이 더욱 줄어들어 다음이 곧 우리 차례였다.

우리가 각오를 굳히고 있던 그때.

"아~앗! 언니, 해피버스데이~!"

어트랙션 승강장에서 안내를 하던 직원이 히나미의 스티커를 발견하고서 쾌활하게 축하해줬다. USJ에 온 뒤로 낯선 사람이 축하를 해준 게 이로써 몇 번째일까. 10번은 넘은 것 같다.

"아하하. 감사합니다."

역시나 히나미가 익숙한 투로 감사 인사를 하자 직원이 더욱 명랑한 투로 이렇게 말했다.

"모처럼 오셨으니 **맨 뒤**에 앉으세요! 생일 주빈석이라고 생각하고서!"

"어?"

"부유감이 굉장해서 맨 뒤가 제일 무서워요! 마침 비었으니 어서요!"

바로 그때 히나미의 가면 밖 표정이 굳어졌다.

이 어트랙션은 역방향으로 진행하는 백드롭 방식. 즉 진행 방향으로 봤을 때 맨 뒤가 맨 앞인 셈이다.

"아~…… 저기."

굳어버린 표정과 핑곗거리를 찾으려는 부자연스러운 뜸들이기.

흠, 이건 혹시.

"방금, 살짝 질색했지?"

"……그래서 뭐?"

"으!"

히나미의 표정을 보고서 나는 기뻤다.

왜냐면 그 툭 쏘는 듯한 말투. 찌를 것 같은 표정과 목소리.

반에서 보여주는 퍼펙트 히로인의 그것과는 조금 달랐다.

제2피복실에서 보여주는…… NO NAME의 그것과 비슷했다.

"그럼 너…… 쫄았어?"

그래서 나는 아까와 똑같은 투로 도발했다.

나는 지금 그 히나미와 조금만 더 대화를 나누고 싶었다.

여름방학 때 히나미가 과제로 부여했고, 그리고 최근에 나카무라에게도 쓸 수 있게 된 '골려주기'라는 커뮤니케이션 스킬을 다름 아닌 히나미에게.

그러나 그것은 형식을 위해서가 아니라 속마음을 이끌어내기 위해서.

"생각보다 이런 거, 젬병이지?"

정확히 말하자면…… 히나미가 쓴 두꺼운 가면에서 살짝 엿보이는 NO NAME이라는 이름의 또 다른 가면을 향해.

그러자 히나미가 하아, 하고 한숨을 내쉬더니 나에게만 보이도록 한쪽 눈썹을 치올렸다.

"그렇게까지 말한다니 좋아. 타줄게. ……하지만."

"응?"

그리고 히나미가 몇 개월 전까지는 자주 보여줬던 자학적인 웃음을 지으며 덧붙였다.

"——물론, 토모자키 군도 옆에 타줄 거지?"

"……뭐?"

"자, 그럼 언니랑 오빠는 맨 뒷좌석으로! 어서, 어서!"

"……어라?"

"자, 생일 축하합니다~! 다녀오세요!"

히나미와 직원이 내 등을 떠밀어 좌석에 앉히자 안전장치가 철컥 채워졌다. 정신을 차려보니 나는 이미 옴짝달싹도 할 수 없는 상태였다.

나와 히나미를 맨 뒷좌석에 태운 그 머신이 역방향으로 달리기 시작했다.

"으어어어어어어어?!"

"꺄아아아아아……앗."

그리하여 나는 히나미의 생일과 NO NAME의 잔학성에 휘말려 가장 무섭다고 하는 맨 뒷줄에서 백드롭을 맛보게 되었다.

* * *

"우우…… 땅이…… 빙빙 돌고 있어……."

할리우드 파이어 플라이트 백드롭에서 내린 나는 완전히 제정신을 잃은 좀비가 되어 있었다.

그리고 내 옆에는 평소답지 않게 휘청휘청, 비틀비틀 걷고 있는 낯빛이 완전히 어두워진 히나미가 있었다. 그 표정에서는 퍼펙트 히로인으로서의 여유를 도저히 찾아볼 수가 없었다.

"우…… 상상 이상이었어……."

"그러게……."

솔직히 조금 얕잡아보긴 했다. 그러나 역방향으로 진행하는 절규 머신은 상상했던 것과는 조금 다른 공포를 선사했다. 상하로 격렬하게 반복하여 움직이면서도 다음에 어느 쪽으로 나아갈지 알 수가 없어서 마음의 준비도 못한 채 몸이 이리저리 마구 흔들렸다.

맨 뒷좌석이라서인지 경치도 눈이 핑 돌 정도로 핵핵 바꿔어서 반고리관이 완전히 마비됐다.

“네가…… 쓸데없는 소릴 한 바람에…….”

“아니, 우리가 맨 뒤에 앉은 건 그 생일 스티커 때문이잖아.”

“……궤변 늘어놓지 마.”

“이게 궤변이라고……?”

이렇게 숨을 헐떡이며 히나미와 대화를 나누면서도 나는 왠지 은근히 기뻤다.

왜냐면 히나미의 그 톤. 방금 나를 향해 툭 내뱉은 ‘너’라는 2인칭.

반의 퍼펙트 히로인인 히나미가 평소에 입에 담는 말과는 조금 다르니까.

“흐~음, 꽤 재밌는데…….”

“뭐, 그러네……. 나쁘진 않았어.”

맞은편에서 나카무라와 미즈사와가 누가 더 여유롭나 대결을 펼치고 있었다. 그러나 다리가 조금 휘청거렸다. 역시나 남자로서의 자존심이 걸려 있어서 약한 소리를 차마 뱉을 수가 없겠지. 적어도 나를 대하는 히나미의 말투가 조금 쌀쌀맞다는 사실을 의식하지 못한 듯하다. 참고로 그 옆에서는 타케이가 목청껏 “무지무지 무서운뎁쇼?!” 하고 떠들어대고 있었다. 저 녀석은 솔직하고 활기차구나.

“우우…… 나, 절규 머신은 상당히 무리였을지도.”

“위험했지……, 역시 최고 인기…….”

늘 씩씩한 미미미도, 이 머신을 타자고 맨 먼저 말을 꺼낸 이즈미도 녹초가 되어 있었다. 계산해보니 그룹의 절반이 당한 모양이다.

"제법 재밌네요."

"그치!"

그런 와중에 키쿠치 양과 타마 짱만이 생생했다. 내 안에 자리 잡은 이미지와 좀 다른 것 같으니 어떻게든 해줘요. 원래는 키쿠치 양이 비실대고 있으면 내가 든든하게 짠, 하고 등장해야 하건만. 키쿠치 양, 강해요.

"조, 좋아, 다음으로 넘어가야지!"

이즈미는 휘청거리면서도 힘을 쥐어짜냈다. 최고의 USJ를 안내해야만 한다는 사명감이라도 갖고 있는지 안색이 나쁜데도 스마트폰 메모를 열심히 훑어봤다. 마치 밤을 새워 트레이닝 모드에 몰두하는 어패 플레이어 같은 열의가 느껴진다.

"이다음에는…… 뭘 타는 거야?"

히나미가 왠지 매달리듯 이즈미를 쳐다보면서 말했다. 그 눈빛에서는 '이제 절규 머신은 됐어. 더 평화로운 어트랙션을 타자'라는 생각이 절실히 느껴졌다.

"다음은 말이지."

이즈미가 본인의 스마트폰을 보면서 말했다.

"으음, 메모를 보니…… 에어포스 다이너소어가 예정되

어 있네!"

"그것도 절규 머신이지?!"

히나미가 목소리를 높였다.

퍼펙트 히로인 히나미로서도, NO NAME 히나미로서도 거의 보여준 적이 없는 표정과 목소리였다.

나뿐만 아니라 이즈미와 미즈사와, 다른 멤버들도 어리둥절해하며 히나미를 쳐다봤다.

이윽고 이즈미가 푸훗, 하고 웃음을 터뜨렸다.

"——아하하!"

"뭐, 뭐야……?"

그리고 한바탕 깔깔대며 웃고는 이즈미가 안심한 표정으로 눈가를 훔치며 말했다.

"……다행이다 싶어서. 아오이가, 즐거워 보여서."

"이게 어딜 봐서 즐거워 보인다는 거니?!"

히나미가 당황하여 또 흐트러지자 그 모습을 보고서 기세가 오른 이즈미가 입을 열었다.

"좋아, 결정! 이다음은 에어포스 다이노소어로 결정! 애들아 따라와!"

"왜?! 잠깐, 유즈?!"

이즈미가 주도해준 덕분에 히나미 아오이 기쁨 주기 선수권의 의미가 바뀌어가는 광경을 지켜보면서 더 팍팍 밀어붙이라고 응원했다. 그러나 나는 가급적 휘말리지 않게

끔 잘 부탁드리겠습니다.

* * *

수십 분 뒤.

절규 머신을 연달아 2번이나 탄 우리는 크게 세 무리로 나뉘어져 있었다.

"우와, 최고인뎁쇼?!"

"응. 타케이도 제법 탈 줄 아네."

"경치도 굉장히 예뻤어요!"

할리우드 에어리어의 한 카페의 오픈 테라스에서 각자 음료수만 주문하여 여러 무리로 나뉘어 앉아 있는 우리들. 그 중에서도 타케이와 타마 짱과 키쿠치 양이 앉아 있는 자리는 노대미지를 자랑하는 세 사람 모인 최강의 테이블이었다. 너무나도 이색적인 멤버들이라서 게임 속 버그 캐릭터를 보고 있는 기분이었다.

"우…… 타마…… 도망쳐……."

옆 테이블에는 미미미와 나와 이즈미와 나카무라가 있었다. 반고리관이 심하게 마비돼서 바깥 공기를 쐬면서 회복을 꾀하고 있었다. 개중에서도 특히 미미미가 기진맥진한 상태였다. 타케이의 마수에 사로잡힐 것만 같은 타마 짱을 보면서도 아무것도 하지 못했다.

"다들 널브러졌으니 우리끼리 한 바퀴 더 돌아볼까아?!"

안 돼….
타마…
위험해….

"아하하, 그것도 괜찮을지도 모르겠네."

"안 돼…… 타마…… 위험해……."

타케이에게 끌려가기 직전인 타마 짱과 아무 것도 할 수 없는 미미미. 나는 그 광경을 보고서 크게 웃고 싶었지만, 머리가 어질어질해서 웃을 수조차 없었다.

……그리고 두 테이블에 일곱 사람이 앉아 있다는 소리는.

"그거, 타카히로의 나쁜 점이지?"

"하하하, 뭐, 고칠 생각도 없긴 하지만."

나머지 한 테이블에는 미즈사와와 히나미가 앉아 있었다.

그 두 사람도 기구에서 막 내렸을 때는 우리와 동일한 대미지를 입은 상태였지만, 서서히 회복하더니 저렇게 됐다. 참고로 처음에는 이즈미도 저쪽 테이블에 있었는데 무슨 영문인지 아까 전에 일부러 이쪽으로 왔다.

"이즈미…… 왜 이쪽으로……?"

"어, 아아, 그게……."

나와 미미미보다 비교적 더 회복된 이즈미가 목소리를 살짝 낮추며 말했다.

"그게 말이야……. 아마도 이번 여행 중에 히로가 아오이와의 관계를 굳히고 싶어 하는 것 같아서 말이야."

"으?!"

핵심을 정확하게 찌른 추측에 나는 무심코 혀를 씹을 뻔했다. 연애에 관한 이즈미의 저 날카로운 감은 대체 뭔가요. 좋아할수록 능숙해진다 이 말인가.

"그래서……머리를 좀 써서, 둘만의 시간을 만들어봤어!"
"그, 그렇구나……."
나는 마음이 복잡하긴 했지만, 마음을 전하려고 애쓰는 미즈사와도 응원하고 싶었다. 그러나 그 바람에 히나미의 시간이 줄어들면 내가 그 녀석과 다시금 속마음을 주고받을 수 있는 기회를 잃어버릴 것 같았다.
그와는 별개로 저 둘이 꼭 붙어 있는 것을 환영하고 싶긴 하지만, 한편으로는 이유도 모르게 마음이 복잡해지기도 했다.
"……그래. 잘, 됐으면 좋겠네."
"그치?!"
지금 내가 말한 말 중 일부는 틀림없는 진심이다. 그러나 아마도 진심이라고 할 수 없는 부분도 있다.
참고로 대화에 전혀 참여하지 않고 있는 나카무라가 뭘 하고 있느냐면…….
"……으."
멤버들 중에서 최대의 대미지를 입고서 입도 뻥긋 하지 못하고 테이블에 엎어져 있었다.

* * *

나카무라를 포함한 모두가 회복했을 즈음.
우리는 여전히 그 오픈 테라스에 앉아 있었다. 드디어

음료수뿐만 아니라 점심도 주문할 수 있는 상태로 되돌아왔다.

이즈미가 말하기를 오후 19시께에는 거의 모든 레스토랑이 손님들로 북적거릴 테니 점심을 일찌감치 먹고서 다른 사람들이 식사를 하는 동안에 돌아다니며 여러 어트랙션을 즐기는 게 효율적이란다. 그리고 현재 시각은 11시 즈음. 딱 스케줄대로다. 이렇게나 정교하게 순회 루트를 짜다니 그야말로 시뮬레이션의 귀재이다.

메뉴판을 펼치니 샌드위치나 케이크 같은 경식을 주로 취급하는 듯하다. 대미지를 막 회복한 우리에게 딱 알맞은 음식이다. 이 식당에 가자고 말을 꺼낸 사람은 이즈미다. 만약에 거기까지 염두에 두고서 선택했다면 완전히 특급 요괴 수준이다.

우리는 각자 메뉴판을 보며 좋아하는 음식을 주문했다. 그러자.

"생일 축하드립니다~!"

이즈미가 사전에 부탁했나? 스태프 누나가 작은 불꽃이 파직파직 튀는 막대가 꽂힌 조각 케이크를 가져왔다.

그러나 역시나 축하를 여러 번 받아서 익숙해졌는지 히나미가 크게 당황하지 않고 "고맙습니다!" 하고 대답했다. 역시 일류 게이머, 동일한 전법은 여러 번 통하지 않는구나…… 하고 생각하고 있었더니.

"이쪽 손님께서, 오늘 생일이랍니다!!"

"어?"

그 누나가 오픈 테라스에 있는 다른 손님들을 향해 이렇게 외쳤다.

"여러분 함께 노래를 불러주세요~! 하나 둘 셋! 해피버스데이~……♪"

누나가 분위기를 이끌어나가자 주변 손님들도 하나둘씩 휩쓸렸다. 테마파크의 비일상적인 분위기 덕분인지 다들 히나미에게 생일축하곡을 의외로 선선히 불러줬다. 이즈미도 설마 이런 상황까지는 예상하지 못했는지 조금 놀란 기색이었다. 그러나 이내 분위기를 타며 활짝 웃으면서 노래를 부르기 시작했다.

그리고 우리 서프라이즈 멤버들도 자리에서 일어나 히나미를 향해 박수를 치면서 노래를 불렀다. 그러자 부근을 지나던 관람객들 중 오픈 테라스를 보고서 가세하는 사람도 있었다. 하하하, 뭐야, 이거.

그리하여 오픈 테라스 한편에 수십 명의 사람들이 몰렸다. 모든 웃음과 호의와 축하 노래가 모조리 히나미 아오이에게로 향했다.

"아하하……."

사람들 중에는 우리와 비슷한 또래로 보이는, 교복 리미티를 즐기고 있는 여고생들이 있었다.

그리고 빨간, 파란, 초록 파커를 입고 카추샤를 착용한 '인싸' 분위기가 물씬 풍기는 형들도 있었다.

지팡이를 지휘봉처럼 이리저리 휘두르는 마법사 누나들도 있었다.

그리고…… 시끌벅적한 소리를 듣고서 아주 사실적으로 생긴 공룡들까지도(아마 스태프가 들어 있겠지) 모여들어 히나미의 생일을 축하해줬다.

역시나 히나미도 수많은 낯선 사람들과 공룡들에게서 일제히 축하를 받아본 경험은 없는지 수줍게 웃으면서 본인도 박수를 작게 치며 노래에 호응해줬다. 그보다도 이런 상황에서 과연 어떻게 행동하는 게 정답이지?

"하하하. 이거 굉장한데."

미즈사와가 유쾌하게 웃었다.

뭐, 솔직히 이런 건 호불호가 갈린다. 만약에 내가 이런 서프라이즈를 당했다면 기뻐하면서도 당혹스러웠을 것이다. 그러나 히나미에게는 이런 요란한 축하가 딱 맞을 것 같기도 하다.

이렇게라도 하지 않으면 축하의 파동이 그 두꺼운 가면 속에 숨겨진 본성에 닿지 않을 테니까. 히나미의 감정이 수용량을 초과하여 흘러넘치도록 해주겠다는 이즈미의 그 기개가 대단하다.

"버스데이 투 유~………… 축하해요~!!"

그리하여 처음보다 3배쯤 늘어난 갤러리들이 노래를 마치자 히나미가 각오를 굳혔는지…….

"후――웃!"

타이밍 좋게 케이크에 꽂힌 불꽃을 불어 껐다.

"아오이, 축하해!"

"언니, 축하해요~!"

"그와오오오오……!"

"축하하는뎁쇼?!"

"축하해, 아오이."

그런 느낌으로 우리도, 공룡도, 낯선 사람들도 잇달아 축복해줬다.

"이제 알겠어. 고마워~! 부끄럽다니까~!"

그렇게 말하면서 인상을 찡그린 히나미의 그 표정은…… 역시나 조금씩, 풀어지고 있는 듯했다.

* * *

시끌벅적했던 식사를 마친 우리는 다음 목적지로 향하고 있다.

"아오이, 엄청났지?"

"너무 엄청 났어~. 나 참."

타마 짱과 히나미가 대화를 나누고 있다. 히나미는 왠지 아까 그 여운에 젖어 있는 듯했다. 내 추측이 맞는다면 히나미의 튼튼한 가면과 갑옷 속에도 그 축하가 닿은 듯하다.

나는 이번 여행의 가능성을 믿고 싶어졌다.

우리가 다음으로 향한 곳은…….

"대단해~! 이런 게 있었네!"

"맞아! 의외로 잘 안 알려졌는데……."

놀란 히나미를 보고서 이즈미가 에헴, 하고 코웃음을 쳤다.

우리 눈앞에는 작은 매점이 있다. 그곳에서 팔고 있는 것은.

"자, 이 치즈카레맛 터키레그 하나 주세요!"

히나미가 무서우리만치 묵직해 보이는 음식의 이름을 힘차게 말했다. 저기, 저 사람 말이죠. 십여 분 전까지만 해도 기진맥진한 상태였고, 방금 전에 점심을 먹었거든요?

"히나미…… 아직 더 먹을 수 있어?"

내가 벌벌 떨면서 물었지만, 히나미는 태연한 얼굴로 거대한 고깃덩어리를 받아들었다. 훈제된 거대한 허벅살에 카레와 노란색 치즈가 듬뿍 끼얹어져 있다. 그 위에는 빨간 소스까지 뿌려져 있다. 뭐라 형언할 수 없는 파워풀한 모양새다.

"무슨 소리야! 단 것이랑 치즈는 귀정이라고 말했잖아."

"그거 들어갈 배가 따로 있다는 의미야?"

들어갈 배가 따로 있다고 해도 치즈는 아니지. 오히려 치즈는 배가 부르면 잘 들어가지 않는 음식이잖아.

"세세히 따지지 마. 여기서만 먹을 수 있는 음식이니 먹어둬야지."

그 말에서 반쯤 의무감이 느껴졌다. 치즈를 향한 집착이 너무 강하다.

"그, 그런가……?"

"잘 먹겠습——."

히나미가 먹으려고 한 순간.

"이 그윽한 스파이스 향기……. 이 냄새가 날 유혹하고 있어!"

미미미가 날다람쥐처럼 휙, 하고 튀어나왔다.

아까 전까지 절규 머신에 가장 호되게 당했던 미미미가 어째서……. 그러고 보니 아까 미미미는 대미지가 너무 커서 음식을 거의 먹지 못했었지. 회복하자마자 카레 냄새가 풍기니 입맛이 돌 수밖에. 그 마음을 알겠다.

"아암!"

미미미가 식욕을 이기지 못하고 히나미가 들고 있는 터키레그를 덥석 물었다. 그리고 히나미도 반대쪽을 덥석 물었다. 그리하여 육상부 에이스들이 터키레그 하나를 공유하는 구도가 완성됐다.

"아아~! 좋은 느낌! 둘 다, 그대로!"

"어?! 고대로?!

고기를 물고 있어서 발음이 어눌해진 히나미의 목소리를 들으면서 이즈미가 스마트폰 카메라 어플을 켜서 두 사람의 감성 사진을 촬영하기 시작했다.

미마미도 "아익~?!" 하고 말했다. 아마도 '아직~?!'이라고 말한 거겠지.

"그럼 다음은…… 눈을 치켜떠봐!"

흥이 오른 이즈미가 카메라맨처럼 여러 패턴으로 사진을 촬영했다.

"오케이, 괜찮은 느낌으로 찍힌 것 같아……. 어라?"

"어?"

"응?"

이즈미가 사진을 보고서 맨 먼저 알아차렸다. 이윽고 히나미와 미미미도 알아차렸다.

이내 세 사람이 바로 아래를 내려다봤다. 그곳에는 노란색과 빨간색이 섞인 물체가 찌부러져 있었다.

양쪽에서 억지로 물고서 한동안 가만히 있어서인지, 아니면 여러 패턴으로 촬영해서인지 위에 뿌려져 있던 치즈카레 토핑이 어느새 땅바닥에 떨어져 있었다.

"미, 미안……."

"아냐, 내가 그대로 있으라고 해서……."

미미미와 이즈미가 서로 자책했다. 그러나 히나미는 조용히 고개를 떨구면서 단순한 터키레그로 전락한 고깃덩어리를 미미미에게 내밀었다.

"으으응…… 괜찮아. 미미미, 배가 고프다면 줄게……."

명백히 낙담한 얼굴로 히나미가 치즈가 사라졌으니 이제 필요 없다는 투로 말하자 미미미가 "어어……" 하고 난처해했다.

Happy
Birth

"괘념치 마……. 난 괜찮아……."

히나미는 누가 봐도 괜찮지 않은 얼굴로 그대로 왔던 길을 터벅터벅 되짚기 시작했다.

그리고.

"죄송합니다. 아까 주문했던 거 하나 더요."

"또 사게?!"

치즈를 향한 히나미의 집념 역시 끝을 알 수가 없었다.

* * *

그리고…… 우리는 드디어 그곳에 도착했다.

"아! 저거!"

타마 짱이 멀리 있는 그 입구를 발견했다. 다른 멤버들도 눈에 힘을 주어 겨우 확인하고서 "……오오!" 하고 감탄했다. 타마 짱, 눈이 밝네. 그로부터 1분쯤 더 걸어가니…….

"우오오오오오오오오~옷! 토관이닷!"

타케이가 외쳤다. 우리의 눈앞에 거대한 토관이 펼쳐져 있었다. 욘텐도의 간판 캐릭터가 이동수단으로 이용하는 녹색 토관을 모티브로 한 입구가 우리 앞에서 커다란 입을 벌리고 있다. 우리는 그 광경을 보고서 큰소리로 감탄했다.

"우와~! 엄청 잘 꾸며져 있네!"

"게임 세계 같아!"

미미미와 타마 짱이 목소리를 높이자 우리도 수긍했다.

첫 어트랙션에서 줄을 서 있는 동안에 스마트폰 어플로 미리 끊어둔 정리권을 스태프에게 보이고서 우리는 토관 속으로 들어갔다.

한동안 걸어가니.

"우오오오?!"

나는 무심코 목소리를 흘렸다.

토관 속에서 워프홀을 연상케 하는 빛이 옆으로 흐르기 시작했다.

"와! 예쁘네. 근데 토관의 원리가 이거 맞나?"

히나미가 그렇게 말하면서 쳐다봤다.

"아니, 나도 똑같은 생각을 했어."

"아하하, 그렇지."

그 캐릭터는 토관을 타고서 워프를 하긴 한다. 그러나 실제로 토관 속 워프홀을 타고서 워프한다는 게 올바른 해석인가? 개인적으로는 왠지 아닌 것 같은데.

빛 속을 통과하니 눈앞에 성의 내부 같은 공간이 펼쳐졌다. ……정확히 말하자면.

"64의 성이야!"

"그렇지!"

내가 외치자 히나미도 반응했다. 왠지 우리 둘만 기세를 올리고 있는 것 같은데 괜찮으려나?

욘텐도의 대표작이라고 할 수 있는 게임 속 거점 성의 현관부가 충실히 재현되어 있었다.

"야단났네……. 나 벌써부터 감동했어."

"그 마음 알긴 하지만…… 그럼 앞으로 어떻게 버티려고?"

나와 히나미가 천진하게 게임에 관한 대화를 나눴다. 뭐라고 해야 할까, 얼마 전까지는 관계가 어긋난 느낌이었는데 라인을 일주일이나 무시당했던 것이 믿기지 않을 만큼 화기애애하다. 문득 돌아보니 우리가 그룹의 선두에서 걷고 있었다. 그러나 보고 싶은 게 생겼을 때 피차 서로를 신경 쓰지 않고 혼자서 관람하는 모습은 개인주의로 살아가는 우리다웠다.

그리고 현관부를 통해 출구 밖으로 나가니…….

"——오!"

눈앞에 도무지 현실 같지 않은 광경이 펼쳐져 있었다.

마치 게임 화면을 고스란히 현실에 가져다 놓은 것 같은 장난감 같은 세계였다.

벽돌조 다리와 사과가 열린 나무, 그리고 풀이 난 땅바닥에 이르기까지 피규어 재질로 만들어진 세계는 현실이 맞는데도 현실감이 없었다.

빙글빙글 돌고 있는 코인. 같은 지점을 왕복하는 밤처럼 생긴 피라미 몬스터, 토관 구멍에 피어 있는 꽃처럼 생긴 적 캐릭터. 내가 어렸을 적부터 사랑했던 세계가 애정이 듬뿍 담겨 재현되어 있었다. 그 모든 것들이 친근한 움직임을 보여주고 있다. 안쪽에 솟아 있는 보스성에는 거대 거북이의 얼굴을 본뜬 입구가 떡하니 달려 있었다. 자칫 유치하게 보일 수 있는 그 디자인이 지금은 왠지 아름답고도 멋지게 느껴졌다.

"우와아! 굉장해애!"

"와아아! 대단해애!"

나와 히나미는 동시에 탄성을 질렀다.

바로 그때 히나미가 제정신을 차렸는지 나와 얼굴을 마주치고서는 납득할 수 없다는 듯 고개를 홱 돌려버렸다.

"……하하."

나는 그 모습이 기뻐서 그만 웃음을 흘리고 말았다.

물론 히나미가 나만큼이나 기뻐해 줬다는 사실도 기뻤다. 그러나 그 이상으로.

고개를 홱 돌려버린 그 행동. 이거 고개라도 돌리지 않으면 얼버무릴 수 없을 만큼 순수한 마음으로 무심결에 기뻐했다는 뜻이니까.

"……대단히 근사하네요."

조금 뒤늦게 도착하여 키쿠치 양이 부드러운 투로 말하자 나는 다시금 그 광경을 물끄러미 쳐다봤다.

나와 히나미는 옛날부터 줄곧 이 세계를 게임이라고 말해왔다.

그 말속에는 어디까지나 비유적인 부분도 있었을 테지. 그러나.

이건 이제…… 진정한 의미에서 이 세계가 게임이 되어 있었다.

"두근두근거리는뎁쇼?!"
"오호, 잘 만들어졌네."
다른 멤버들이 속속 도착했다. 타케이는 감동을 큰소리로 변환했고, 미즈사와는 감탄하며 주변을 둘러봤다. 뭐, 미즈사와는 시설로서 완성도가 높다는 점에 감탄한 듯했다. 게임을 별로 안 할 것처럼 생기긴 했지.
"……어!"
그리고 아마도 게임을 그럭저럭 좋아할 나카무라가 입을 반쯤 벌린 채 이 월드를 물끄러미 쳐다보며 눈을 끔뻑끔뻑거렸다. 아무 말도 하지 않았지만, 얼마나 감동했는지 그 표정이 여실히 보여주고 있었다. 알아, 난 네 마음 다 알아.
"봐봐! 저 꽃 몬스터, 타마보다도 큰 것 같은데?!"
"그거 굳이 비교할 필요는 없거든?"
그렇게 각자 감상을 말했다. 그런데 키쿠치 양은 모두의 모습을 조용히 바라보고 있었다.
아니, 어쩌면 모두의 모습이 아니라…….
키쿠치 양이 옆으로 다가왔다. 그리고 나를 보지 않은 채로 딱 한 걸음만 옆으로 붙었다.
"히나미 씨, 무척 기뻐해 주고 있네요."
"……그러게. 키쿠치 양이 보기에도 그래?"
"예. 연기나 거짓으로는 보이지 않았어요."
"……그런가."

그녀가 긍정하자 나는 용기를 얻었다.

"여길 택하길, 잘했어."

"……그러네요."

키쿠치 양이 또다시, 조금 복잡한 표정을 지었다.

"저도…… 오길 잘했어요."

그녀가 왠지 꾸며낸 듯한 투로 말하고서 부드럽게 생긋 웃었다.

* * *

"우와! 앙금앙금도 있어!"

천진난만한 모습을 한 번 보여줘서인지, 아니면 더는 숨길 수 없으니 차라리 제대로 즐기기로 했는지 히나미가 욘텐도 월드에 펼쳐진 공간을 더할 나위 없이 즐기고 있었다.

"아하하, 코인이 엄청 나와."

욘텐도 월드에서는 매점에서 파는 밴드를 부착하고서 스마트폰 어플과 연동하면 다양한 게임적인 기믹을 사용할 수가 있다. 각지에 있는 블록을 때리면 어플에 코인이 저장된다. 지금 히나미가 그 블록을 연속으로 마구 때리며 웃고 있다.

"진짜! ……우와, 이거 의외로 부드럽네."

"뭐, 어린이가 다치지 않도록 조치한 거겠지."

"우와, 지금 꿈속이야 아니면 현실에 있는 거야?"

천진난만 모드로 돌입한 히나미의 열의를 감당할 수 있는 사람은 이 중에 나밖에 없다.

"왠지 아오이……, 즐거워 보이네."

"그러게……. 육상을 할 때보다 더 즐기는 것 같아."

타마 짱과 미미미가 나누는 대화가 들렸다. 그러나 즐기는 건 나쁜 일이 아니므로 나는 못 들은 척하기로 했다.

그런 느낌으로 나와 히나미가 중심이 되어 욘텐도 월드의 어트랙션을 즐겨나갔다. 흉악한 꽃 몬스터가 깨지 않도록 다 함께 협력하여 자명종을 끄는 게임을 하기도 하고. 미로 속에서 퍼즐 조각을 하나씩 찾아내어 최후의 문 앞에서 완성하기도 하고.

우리는 아까 전까지 절규 머신에 기진맥진했던 것이 거짓말인 것처럼 전력으로 어트랙션을 즐겼다.

"완성! 열쇠를 겟했네."

"아싸!"

그리고 나와 히나미는 여러 어트랙션을 클리어하면 획득할 수 있는 열쇠를 모두 손에 넣었다. 미니 어트랙션을 완전히 클리어하는 데 성공했다. 훗훗훗, 게이머의 피가 들끓은 결과라고 할 수 있지.

그런 느낌으로 나도 평범하게 즐겼다. 그런데 문득 조금 떨어진 곳에서 이즈미와 미즈사와가 보내는 시선이 느껴졌다. 시선을 돌리니 두 사람이 씩 웃고서 '나이스'하다고 칭찬하듯 엄지를 척 세웠다.

히나미 아오이를 놀래고, 기쁘게 해주기 위해서 시작한 이번 여행.

그런 의미에서 따져보자면 지금 히나미는 그 어느 때보다도 이 공간을 즐기고 있는 것처럼 보였다. 후, 역시 히나미를 기쁘게 해주는 사람은 나였단 말인가.

* * *

그렇게 한바탕 즐긴 뒤 우리는 휴식시간을 한 번 갖기로 했다.

각자 굿즈를 보러 가거나, 화장실에 간 사이에 나는 월드 안에 있는 카페에 들렀다. 시간을 보니 어언 해 질 녘이 다 됐다. 점심을 일찍 먹은지라 배가 조금 출출해졌다. 그러나 시간이 어중간해서 나는 카페에서 파는 푸딩 핫파르페 드링크를 테이크아웃하여 근처에서 먹기로 했다.

주문을 마치고 음료수를 들면서 만족스레 USJ 어플 화면을 보고 있으니 키쿠치 양이 다가와 나란히 걸었다.

"고생했어요."

"응. 키쿠치 양도."

나는 키쿠치 양에게 자랑스럽게 스마트폰 화면을 보였다.

"봐봐. 열쇠 컴플리트."

"후후. 아주 즐거워 보이네요."

"응."

"후미야 군도, 히나미 씨도."

"……그러네."

내가 수긍하자 키쿠치 양이 자기 가슴에 손을 댔다.

그리고 귀에 익은, 부드러우면서도 이야기를 들려주는 듯한 투로 키쿠치 양이 말했다.

"아르시아도…… 이렇게 해줬으면 좋았을지도 모르겠네요."

"으음, 무슨 소리야?"

내가 묻자 키쿠치 양이 히나미 쪽을 힐끔 보면서 덧붙였다.

"히어로 같은 남자애가, 그녀한테서 받은 것을 몹시 고마워하며 즐거운 델 데리고 돌아다녀요. 아무리 싫다고 뻗대더라도, 무작정 끌고 가고요."

키쿠치 양이 그 세계를 사랑하듯 말을 엮어나갔다.

"본인뿐만 아니라 친구들까지도 끌어들여서는, 다함께 아르시아한테 좋아한다는 마음을, 귀가 닳도록 전하고요."

키쿠치 양은 소중한 것을 지키듯, 그 대신에 무언가를 버리듯.

"그랬다면 아르시아도, 자신의 피가 없다는 사실을, 고민하지 않았을지도 몰라요."

"……그럴, 까?"

일부 납득이 되긴 하지만, 나는 왠지 위화감도 들었다. 키쿠치 양의 말이 이 현실이라는 이야기에 얼마나 들어맞는지 알 수가 없었다.

"그래서, 고맙습니다, 후미야 군."

키쿠치 양이 미소를 지었다.

나는 아무 말 없이 그녀의 말에 고개를 끄덕였다. 그러고는 부드럽게 놀리듯이 말했다.

"근데 말이야, 아니잖아, 키쿠치 양."

"응?"

왜냐면 우리의 서프라이즈는 이제 막 시작되었다.

"지금부터가 진짜니까."

그러자 키쿠치 양이 후후 웃었다.

"그렇죠. ……기필코, 진심 어린 기쁨을 이끌어내 봐요."

"물론."

나는 자신감을 갖고 고개를 끄덕이고서 앞으로 어떻게 진행해나갈지 머릿속으로 생각했다.

바로 그때…… 내 시야에 확 들어온 것이 있었으니.

"……파운드?!"

무심코 외치고 말았다.

카페 창문 밖으로 월드의 중앙이 보였다. 다양한 어트랙션들의 중계지점인 그 광장에.

그늘 밖으로 모습을 드러낸 등신대 닌자 캐릭터……. 나와 히나미가 어패를 통해 만났을 때 서로 사용했던 닌자 파운드가 포즈를 취하고 있었다.

"야, 야아! 히나미! 히나미!"

나는 무의식적으로 그 이름을 불렀다. 이 감동을 가장 공유할 수 있는 상대 곁으로 달려가고 말았다. 히나미가 조금 떨어진 곳에 있는 자판기에서 혼자 음료수를 뽑고 있었다.

"어? 무슨 일이야?"

"파운드가! 파운드가!"

나는 흥분한 나머지 말을 제대로 잇지 못했지만, 중요한 단어만은 전할 수 있었다.

"파운드……라니, 혹시."

그 단어만 듣고서 감을 잡은 히나미가 월드 중앙으로 시선을 돌렸다.

"……!"

소리 없는 환희의 표정. 마치 동경하던 스타와 만난 소녀처럼 히나미가 노골적으로 눈빛을 반짝였다.

나는 순간 골려줄까 생각했지만 이내 그만뒀다.

왜냐면 게임 캐릭터를 좋아하는 마음은 결코 부정당해서는 안 된다. 더욱이.

이것이야말로 진심으로 어패를 사랑하는 탑플레이어 NO NAME이다.

"애들아~! 그리 하고 있대!"

이즈미가 큰소리로 외치면서 이쪽으로 달려오고 있었다.

"그리?"

내가 그 단어가 익숙지 않아서 되묻자 이즈미가 멀리서 "그리팅!" 하고 말하며 눈빛을 반짝였다. 그리고 나는 사전에 조사하여 머릿속에 저장해둔 USJ 지식 속에서 그 단어를 검색했다.

"캐릭터랑 직접 접촉하는 거지?!"

"맞아!"

몇 미터 떨어진 곳에 있는 이즈미와 대화를 나누면서 나는 옆을 쳐다봤다. 히나미가 어린이처럼 눈빛을 반짝이고 있었다. 포즈를 하나씩 취하면서 왕성한 서비스 정신으로 이리저리 돌아다니고 있는 파운드를 지그시 쳐다보고 있었다. 참 알기 쉬운 녀석이다.

"히나미."

"뭐."

"가자. 파운드를 만나러!"

내가 너무 의기양양하게 말해서인지 히나미가 뾰로통한 얼굴로 나를 쳐다봤다.

"……저런 거, 그냥 인형옷이잖아."

"하하…… 히나미, 너도 인형옷 밖으로 나온 거야."

퍼펙트 히로인이었다면 하지 않았을, 너무나도 꿈이 없는 불평을 늘어놓은 히나미에게 빈정거리자 그녀가 "시, 시끄러워" 하고 눈썹을 찡그렸다.

그러나 잘 됐다. 나는 그 인형옷 밖으로 나온 히나미와 대화를 잔뜩 나누고 싶다.

나는 히나미의 팔을 살짝 쥐고서 걸어 나갔다.

"쫌?!"

히나미를 끌고서 한 걸음 한 걸음, 파운드 근처로.

"자자, 우리의 주 캐릭터잖아?"

내가 말하자 히나미가 뿔이 나서는 이쪽을 째려봤다.

"……잖아."

"어?"

그녀가 또 어린애처럼 투정을 부리듯.

"……넌 바꿨잖아, 잭으로."

짤막하게 말하고서 삐친 것처럼 입술을 내밀었다.

아니, 그거였어? 솔직히 그 생각이 바로 들었다. 그러나 나는 히나미와 다시금 어패 이야기를 나눈 것이 기뻐서.

"하하…… 그건 미안하게 됐어."

솔직히 사과하자 히나미도 응어리가 내려갔는지 저항의 손길이 조금 누그러졌다.

뭐, 확실히 이 상황에서는 사과하는 게 정답이겠지. 왜냐면 우리 어패 플레이어에게 사용 캐릭터를 바꾼다는 것은 더할 나위 없이 의미가 크니까.

"알겠어. ……알겠으니까 팔 좀, 놔."

"오. 미안."

우리는 그렇게 이즈미와 합류했다. 이즈미가 "다른 애들도 모아올게!" 하고 말하고서 어디론가 쓩 가버렸다. 나는 어떻게 할지 잠깐 망설이다가 히나미의 시선이 파운드에게 꽂혀 있는 모습을 보고서 답은 하나뿐이라고 생각했다.

"못 기다리겠지?"

"뭐…… 네가 그렇게까지 말한다면야."

"예예, 알겠습니다."

내가 의기양양하게 대답하자 히나미가 마뜩잖아 했다. 그러나 내가 걸어 나가자 히나미도 나란히 따라와 줬다.

그렇다, 이 거리, 이 온도.

나는 이것이, 반가웠다.

그리하여 나와 히나미는 단둘이서 파운드 근처로 다가갔다. ──그러자.

히나미의 버스데이 스티커를 봤는지 파운드가 아주 호들갑스럽게 놀라고서 그녀에게로 달려와 줬다. 그대로 아무 말 없이 뮤지컬 속 한 장면처럼 화려한 동작을 보여준 뒤 한쪽 무릎을 꿇고서 히나미를 환영하고 축복하듯이 두 팔을 활짝 벌렸다.

서비스 정신이 왕성한 파운드를 보고 히나미는 또 어린애처럼 키득키득 웃었다.

"……있잖아. 이 파운드, 닌자이면서 행동이 너무 눈에 띄는 거 아냐?"

지금 이곳에는 전혀 퍼펙트 히로인 같지 않은, 그저 어패를 사랑하고 입이 거친 게이머가 있었다.

"너 말이야. 남이 축하해주면 깐깐하게 따지지 마."

나는 그런 히나미와 기쁜 마음으로 수다를 떨었다.

* * *

그로부터 잠시 뒤.

이즈미가 주변을 돌아다니며 모든 멤버들을 이곳으로 불러 모으고서 제안했다.

"얘. 모처럼 왔으니 다 함께 사진 찍자!"

이즈미의 제안은 나 역시 바라던 바였기에 전력으로 호응했다.

"오, 찍자! 괜찮지?"

내가 적극적으로 의사를 확인하자 모두들 물론이라며 수긍했다. 우리는 파운드에게 "사진 괜찮나요?" 하고 물었다. 그러자 근처에 있던 스태프 누나가 힘차게 "감사합니다~! 1,500엔입니다!" 하고 알려줬다.

그러자 히나미가 내 귀에만 들리는 목소리로.

"유료네."

이런 소리를 했다. 정말이지 이 녀석의 이면의 얼굴은 성격이 고약하네.

"어쩔 수 없잖아. 우리의 파운드가 그만큼 인기가 있다는 뜻이야."

"이제 너의 파운드가, 아닌데?"

"아직도 그 소리냐……."

그런 느낌으로 숙덕숙덕 치고받는 독설도…… 내가 바라던 것이었다.

우리는 카메라 어플을 켠 스마트폰을 스태프 누나에게 건네고서 히나미를 중심으로 파운드 주변에 섰다.

"그럼 찍겠습니다! 자, 치즈!"

바로 그때.

파운드가 품에서 작은 폭죽을 꺼내더니…….

——팡!

컬러플한 색종이 가루가 히나미를 향해 힘차게 뿜어졌다.

동시에 셔터음이 울리더니 그 순간을 사진으로 잘라냈다.

"아하하! 깜짝 놀랐어!"

히나미가 즐거워하며 말하자 다 함께 웃었다.

다시 넘겨받은 스마트폰에는 히나미가 활짝 웃다가 깜짝 놀라는 순간, 이변을 감지하고서 순식간에 한걸음 물러나는 미즈사와, 아무것도 알아차리지 못한 나카무라와 타케이, 히나미를 돋보이게 하려고 두 팔을 받들듯이 들어올린 미미미와 이즈미, 한걸음 물러서면서 미소를 짓고 있는 타마 짱과 키쿠치 양.

그리고…… 하필 그 순간에 꼿꼿이 선 채로 눈을 감아버린 내가 똑똑히 담겨 있었다.

"아하하! 브레인, 아무리 그래도 이건 너무하다!"

"시, 시끄러워……."

히나미도 나를 놀려대듯 말했다.

"근데, 토모자키 군답네?"

"이봐, 나다움을 이상하게 해석하네?"

그렇게 딴죽을 걸다가 깨달았다.

히나미와 대화를 하면서 느꼈던 위화감이 어느새 사라졌음을.

"저기, 히나미."

그래서 나는 히나미와 하고 싶은 게 하나 있었다.

"아까 눈을 감아버렸으니까 한 장만 더 찍지 않을래?"

"괜찮긴 한데……."

"죄송합니다. 한 장 더 부탁합니다!"

히나미가 의도를 읽을 수가 없다는 듯한 눈빛으로 고개를 끄덕였다.

다른 멤버들도 내가 어떻게 할지 지켜보고 있었다.

나는 히죽 웃고서.

주먹을 쥔 채 팔을 말아 올리는 듯한 포즈를 취하고서 서서히 내밀었다.

"앗!"

파운드도 엔터테이너로서 무슨 의도인지 눈치챘는지 나처럼 주먹을 쥔 채 팔을 말아 올렸다. 틀림없이 히나미도 알아차렸을 테고, 다른 멤버들은 모르겠지.

"자, 히나미."

Happy Birthday!!

내가 말하자 히나미가 순간 망설였다. 그러나 파운드와 함께 그 행동을 할 수 있다는 어패 팬으로서의 유혹에 굴복했는지 별수 없다는 표정으로 나와 파운드 근처로 다가왔다. 그러고는.

나와 히나미와 파운드의 손등이 허공에서 맞닿았다.

그 순간을 무사히 사진에 담은 뒤 우리는 파운드에게 감사 인사를 하고서 그곳에서 물러났다. 돌려받은 스마트폰 사진을 보니 나와 히나미와 파운드.

셋이 그 '공격'을 하듯 손등을 맞대고 있는 모습이 깔끔하게 포착되어 있었다.

그리고 내 입으로 말하기는 쑥스럽지만, 나와 히나미 모두 정말로 이 순간을 즐기고 있는 것처럼 웃고 있었다.

"너, 대체 얼마나 어패를 좋아하는 거냐?"

"그 말, 너한테만은 듣고 싶지 않아."

이렇게 서로 가차 없이 주고받는 악담이야말로 오늘 내가 원했던 것이다.

＊ ＊ ＊

우리는 욘텐도 월드에 있는 여러 어트랙션을 섭렵했다. 이제는 공룡 모양의 탈것을 타고서 월드 전체를 천천히 돌아보는 '고시 어드벤처'만 남았다.

"아! 우리 차례야! 다녀오겠습니다!"

우선은 이즈미와 나카무라를 태운 공룡 모양 탈것이 월드를 향해 서서히 발진했다.

이 어트랙션은 2인승이다. 뭐, 종전대로 누가 함께 탈지는 자연스레 정해졌다. 이즈미가 제안한 대로 마지막 어트랙션이니 커플끼리 타자는 흐름이 굳어졌다. 처음에는 타케이가 혼자서, 그다음에는 타마 짱과 미미미가 둘이서 출발했다. 그리고 방금 이즈미와 나카무라가 출발한 참이다. 참고로 타마 짱과 미미미를 커플이라고 할 수 있느냐는 논의가 벌어졌다. 그러나 단짝이라는 의미에서 본다면 딱 맞는 듯했다. 타케이가 혼자서 탄 건 아무도 이의가 없겠지.

남은 사람은 나와 키쿠치 양, 그리고 히나미와 미즈사와다.

"욘텐도 월드, 엄청 재밌었어."

나는 다음 어트랙션에 타기 위해 줄을 선 뒤 오늘을 돌이켜보며 말했다.

"그러게. 게이머의 마음이 들썩들썩하더라."

"아오이가 그 정도로 게이머였을 줄이야?"

"아하하. 뭐, 소녀한테는 여러 비밀이 있는 법이거든."

히나미와 미즈사와가 조금 좋은 느낌으로 대화를 나누고 있다. 뭐, 저 둘은 워낙 대화에 익숙한지라 늘 저런 분위기가 감돈다. 그러나 여행 전에 미즈사와의 선언을 들어서인지 지금은 평상시보다 거리가 조금 좁혀진 것처럼 느껴졌다.

둘러보니 여기저기에 게임 세계관이 재현되어 있다. 드래곤의 알, 왜곡된 나무들, 거대하고 컬러풀한 팬케이크 오브제 등등 현실 세계에는 존재할 수 없는 것들이 늘어서 있다. 진행 방향조차 게임에 자주 등장하는 화살표 입간판으로 안내하는 그 세심함이 게이머의 마음을 자극했다.

"오, 왔다. 자, 탈까."

다음 기구가 다가오자 나는 먼저 앞으로 나섰다.

그런데 그때.

"예. 자, 타고 오세요."

"……엥?"

어째선지 당연히 나와 함께 타야만 하는 키쿠치 양이 뒤로 슥 물러났다.

그리고.

"자, 아오이, 다녀와!"

"어?"

미즈사와가 등을 떠밀자 히나미가 앞으로 퐁 나왔다. 직원이 "두 분, 안내해드릴게요" 하고 재촉하자 히나미가 흘러가는 대로 내 옆에 앉았다.

"잠깐, 키쿠치 양?! 미즈사와?!"

내가 기구에 탄 채로 뒤를 돌아보니 두 사람이 자못 결탁이라도 한 것처럼 웃고 있었다.

"후미야, 내게 빚 하나 진 거다. 그것도, 큰 녀석으로."

미즈사와가 웃으면서 의기양양하게 씩 웃었다.

"질투가 좀 나긴 하지만, 제가 원하는 바예요."

마찬가지로 키쿠치 양이 부드럽게 생긋 웃었다.

"……그렇구나, 당했다 이 말이네."

히나미가 한숨을 하아 내쉬고서 말했다.

"둘 다……."

이번 여행 중에 고백하겠다고 했으면서 이런 상황을 나에게 양보해도 되는 거냐? 키쿠치 양도 늘 그토록 히나미를 신경 쓰고 있으면서도 나를 위해서 움직여주다니…….

즉 저 두 사람은 스스로를 희생해서라도 우리 둘이 어색한 관계를 어떻게든 풀어주길 바라고 있다.

"……그런가."

"뭐가?"

내가 혼자 납득한 것처럼 말하자 히나미가 의아해하며 나를 쳐다봤다. 나는 그 두 사람에게 진심으로 감사해야만 한다.

"아니, 아무 것도 아냐. ……뭐, 기왕 이렇게 됐으니 즐겨볼까."

그리하여 내가 염원했던 히나미와 단둘이서 느긋하게 대화를 나눌 수 있는 시간이 드디어 찾아왔다.

* * *

나는 히나미와 둘이서 공룡 모양 탈것을 타고서 여태껏

신나게 놀았던 욘텐도 월드 외곽을 천천히 돌고 있었다.

처음 왔을 때만 해도 청명한 하늘 아래로 CG 같은 세계가 펼쳐져 있어서 인상적이었던 이 월드도 노을에 쓸쓸히 물들어 있었다.

"오늘…… 말이야."

나는 나직이 입을 열었다.

일정 간격마다 세워진 물색 가로등에 불이 켜졌다. 조명들이 서서히 밝혀지고 있는 이 비현실적인 세계에는 마치 방석처럼 두꺼운 꽃과 무슨 영문인지 무지개색으로 빛나는 사과가 여기저기 피어 있었다. 아이템 블록에 그려진 물음표가 발하는 하얀 빛이 빨간, 파란, 노란 등 현란한 원색이 칠해진 발판 블록을 비추었다. 이 세계의 온갖 빛들이 노을과 어렴풋이 뒤섞여 있었다.

이곳은 역시나 우리가 사랑했던, 동심 가득한 게임의 세계이자…… 그와 동시에 현실이기도 했다.

"즐겨줘서 다행이야."

내가 말하자 히나미가 입술을 삐죽 내민 채로, 그러나 결코 지루하지는 않다는 표정으로 17시를 가리키는 장난감 같은 시계를 물끄러미 바라보고 있었다.

"절규 머신은 최악이었지만, 이 에어리어는…… 나쁘지 않네."

"하하. 그치?"

가까이 다가가면 위에서 내려찍는 험상궂은 적 캐릭터.

등껍질에 달린 날개로 두둥실 떠 있는, 눈매가 흐리멍덩한 빨간 거북이.

화면 속에서 수천 번을 봤을 캐릭터들이 우리를 환영하듯 존재하고 있는 이 공간.

분명 이 장소 자체가 나와 히나미의 공통언어다.

"내가 여길 가자고 말을 꺼냈어. 히나미는 무조건 욘텐도 월드를 좋아할 거라고."

"……아, 그래."

나와 히나미가 어색하게 대화를 이어나갔다. 종종 찾아오는 침묵이 신경이 쓰이긴 했지만, 우리가 사랑하는 세계가 에워싸고 있어서인지 결코 불쾌하지는 않았다.

"있잖아. ……히나미는 이제, 나와의 관계를 끝내고 싶어?"

그래서 나는 자연스레 그 핵심에 발을 내디딜 수가 있었다.

"딱히…… 끝내고 자시고 할 게 뭐 있겠어. 당연한 일을 했을 뿐."

히나미가 퉁명스럽게 말했지만, 늘 느껴지는 완고함은 없었다.

"당연한 일?"

"후회는 하지 않아. ……하지만 남의 인생을 나 자신을 위해서 이용했어. 그런 관계를, 언제까지고 이어나갈 수는 없잖아."

히나미가 체념한 듯 말하고서 풍선껌을 부풀려서 떠오르는 적 캐릭터를 정겹게, 그러나 한편으로는 쓸쓸하게 쳐다봤다.

히나미의 그 표정은 제2피복실이나 교실에서 보여주는 표정과는 조금 다르게 느껴졌다.

"난 그런 인간이라는 걸── 알았으니까."

히나미의 목소리에서 왠지 스스로를 부정하려는 듯한 기색이 느껴졌다.

나는 히나미의 그런 말을 듣고 싶지 않았다. 그래서 나는 숨을 들이마시고서 입을 열었다.

"나, 요즘에 생각해봤는데 말이야."

내가 아시가루 씨와 레나 짱을 비롯해 어른들의 의견을 듣고서 깨달은 것.

"인간은 대부분 말이야. 많든 적든, 남과는 나눌 수 없는 업보 같은 걸 떠안고 있어."

어트랙션이 어두운 실내로 점점 접어들었다. 우리의 시야가 좁아지고 캄캄해졌다.

"나도 알아. 너랑, 똑같으니까."

"……자신의 인생을, 스스로 짊어지려고 하는 성격?"

히나미가 말하자 나는 고개를 끄덕였다.

"개인주의라서, 누군가와 특별한 관계를 맺고자 애를 쓸수록 잘 되질 않아. 다가와 주려는 상대한테 상처를 입힐 때도 있고. 개인주의라서, 소중한 사람을 놔두고서 멀리 가버리기도 해. 아마도, 남들이 이해할 수 없는 행동일 거야."

스스로 바꿀 수 없는 부분 때문에 남과 엇갈리기도 한다.

혹은 세상과 어긋나기도 한다.

그럴 때마다 자신의 본질이 부정당한 것만 같은 고통이 따른다.

"근데 말이야. 그건, 나랑 너뿐만이 아니잖아."

"……무슨 소리야?"

나는 여태껏 깊은 관계를 맺어왔던 사람을 생각하면서 대답했다.

"키쿠치 양은 뼛속까지 소설가야. 사람마다 결코 넘어가서는 안 되는 선이 그어져 있다는 것도, 존중해야만 하는 마음이 있다는 것도 잘 알면서도…… 그걸 그려내기 위해서라면 넘어도 된다고 생각하고 마는 업보를 떠안고 있어. 그건 아마도 이 세상과 잘 맞물리지 않겠지."

분명 사람은 저마다 다르게 생겼다.

"미즈사와도 그래. 속마음을 따르기보다 형식에 맞춰 연기하기도 하고, 인생이라는 게임을 공략하는 것만 잘할 뿐…… 눈앞에 있는 것에 진심을 다하질 못해. 그런 자신을 바꿔보려고 애쓰고 있는 모양인데, 아마도 아직 납득할 만한 답을 내놓지 못한 것 같아. 하나씩 시험해나갈 수밖에 없겠지."

이 세상과의 모순을 떠안고 있다는 점에서 분명 우리 모두는 똑같다.

"타마 짱도 나처럼 이유 없이 스스로를 너무 믿어버리는 성격이야. 그래서 상대방을 진정한 의미에서 이해하질 못해. 그래서 고독했고……. 지금은 잘해나가고 있는 것 같지만, 완전히 해결하지는 못했을 거야."

그것은 인생의 테마와도 같은 문제겠지.

"그러니—— 너뿐만이 아냐. 다들 남 앞에서는 태연한 척 굴고 있지만 실상은 그렇지 않아. 어쩌면 넌 굉장히 극단적이고, 언급하는 것만으로도 고통스러운 무언가를 떠안고 있을지도 몰라. 하지만."

나는 키쿠치 양이 준 말을 빌려서 히나미를 긍정했다.

"넌, **이 세상 사람들과 다른 생물이 아냐**."

어쩌면 나도, 히나미도.

또 다른 의미에서는 불꽃 사람이었을지도 모른다.

"그러니까, 굳이 혼자가 되려고 하지 마."

내가 속내를 털어놓자 히나미는 표정 변화 없이 아래에 펼쳐진 게임과 현실의 세계를 내려다보고 있었다.

"**만약에 정말로 그랬다면** 나도 편해졌을지도 모르겠네."

그녀가 내 말이 옳다는 것을 강하게 가정하는 투로 말하긴 했지만, 결국 대부분 부정하고 있다.

그러나 나는 포기하고 싶지 않았다.

"그럼에도 네가 스스로를 긍정할 수 없다면. ……잠시라도 좋아, 네가 허용할 수 있는 범위만이라도 좋아."

긍정할 수 없다면, 서로 도우면 된다.

설령 개인주의의 범주를 뛰어넘을지라도.

"히나미 아오이가 떠안고 있는 것의 일부를…… 나도 떠안게 해줄 수 없겠어?"

만약에 개인들끼리 그것을 넘고 싶다고 합의한다면…… 그것으로 족할 것이다.

내가 말한 뒤 히나미는 마치 아름다운 것에 홀린 것처럼 이 세계를 물끄러미 둘러봤다.

그때 히나미는 이 세계의 아름다움을 보고 있었을까? 아니면 추억 속 게임의 아름다움을 반추하고 있었을까? 혹은 이 세계를 게임이라고 인식케 하는 그 무언가의 아름다움일까.

나는 알 수가 없었다.

그러나── 지금, 이곳이 아니라면.

이 풍경 속이 아니라면 말할 수 없는 것이 우리에게 있다고 생각했다.

"나 말이야. 여동생이 둘 있었는데."

"!"

히나미가 말을 툭 던졌다. 나는 숨을 삼켰다.

그 고백은 우리가 지금껏 나눠왔던 말과는 종류가 조금

달랐다.

나는 한 마디라도 놓칠세라, 표정 변화를 한순간이라도 놓칠세라 히나미의 이야기에 집중했다.

"우리 세 자매는 우애가 좋아서…… 그래서 매일 게임을 하며 놀았어. 부잉 대전도 많이 했고……. 물론 연상이라서 내가 제일 잘 했고."

히나미의 목소리가 왠지 앳되게, 즐거웠던 과거를 그리워하는 듯 들렸다.

"내가 승부에서 이겨서 화면에 '귀정'이 나올 때마다 '아오이 언니는 대마왕'이라는 놀림을 당하면서 매일 놀았었지."

나는 그 모습을 상상했다.

분명 히나미 아오이가 NO NAME이 되기 전.

혹은 일그러진 퍼펙트 히로인이 되기 전 이야기다.

"가운데 여동생……, 나기사라고 하는데. 걘 정의감이 강해서 스스로를 굳게 믿었어. ……그 성격이 왠지 너나 하나비랑 닮았네."

그녀의 목소리가 조금씩 가라앉았다.

"나기사가 초등학교 6학년 때였어. ……나기사네 반에서 집단 괴롭힘이 벌어졌었어."

"……그래."

어째선지 히나미의 목소리에서 결코 비관이 느껴지지 않았다. 비관은커녕 부자연스럽고 인공적으로 느껴졌다.

마치 그렇게라도 하지 않으면 그 사실에 삼켜질까 봐 우려라도 하듯이.

"나기사는 정의감이 강해서 보고도 못 본 척을 할 수 없었어. 설령 괴롭힘을 당하는 애한테 휘말릴지라도 스스로를 관철하는 것을 우선했지."

"그거……."

"하나비랑, 닮았네."

나는 수긍했다. 그와 동시에 떠올렸다.

타마 짱이 괴롭힘 대상이 됐을 때. 종국에 콘노 에리카에게 명백히 필요 이상의 보복을 가했던 히나미의 모습.

"근데 하나비 때처럼 해피엔딩으로는 끝나지 않았어."

그리고 히나미가 별일 아니라는 듯이.

마치 사소한 일인 것처럼 다루지 않으면…… 아직도 본인의 마음을 가눌 수가 없다는 듯이.

"죽었어. 교통사고로."

"……사고?"

여동생의 죽음. 내가 키쿠치 양과 함께 히나미의 전 동급생에게서 과거 이야기를 들었을 때 머리 한구석으로 상상했던 이야기였다.

그러나…… 교통사고라는 단어가 그녀의 입에서 나왔다.

그것은 집단 괴롭힘과 어떻게 이어지는 걸까.

아직 상상이 되지 않았다.

"얘, nanashi."

불현듯, 그녀가 처음 만났을 때처럼 그 이름으로 불렀다.

"내가, 무엇 때문에 괴로웠는지, 알겠니?"

그녀의 내면에 다가가고 싶어 하는 나의 내면으로 불쑥 다가온 듯한 말투였다. 나는 무심코 몸을 떨었다. 각오가 되었는지 따지는 듯한 히나미의 눈동자를 나는 똑똑히 쳐다봤다.

"소중한 여동생을 떠나보내서가…… 아닐까?"

"물론, 맞아. 근데…… 그뿐만이 아냐."

히나미의 말투가 차츰 남 얘기를 하는 것처럼 들렸다.

"나기사를 친 운전자는 정말로 후회했고, 평생 보상하겠다고 눈물을 흘리며 말해줬어. 그러니 그 말이 거짓말은 아닐 거야."

히나미의 말이 퍼펙트 히로인도, NO NAME도 아닌 조금 다른 느낌으로 들렸다.

"나기사가 말이야. ……힘이 쫙 풀린 것처럼 도로로 홀연히 뛰어들었대. 횡단보도도, 신호등도 없는 도로에 느닷없이, 홀연히."

마치 그 당시의 히나미 아오이에게서 이야기를 듣고 있는 듯한 중력에 나는 질질 끌려들어 갔다.

"이게, 무슨 소리일 것 같아?"

Happy
Birthday!!

"무슨 소리라니?"

되물을 수밖에 없는 나에게, 히나미가 서글프게 웃으면서……

"——이제는, 알 수가 없다는 거야."

몸을 던지듯, 말했다.

"단지 피곤해서, 혹은 현기증이 났는데 하필 그 순간에 달려온 차에 우연히 치인 걸까……."

내가 끌려들어 간 곳은 손을 짚을 데도, 희망도 없는 새카만 어둠이었다.

"아니면, 이제 모든 게 지긋지긋해져서 스스로 몸을 던졌던 걸까."

그것이 히나미 아오이가 늘 보고 있는 풍경이구나 싶었다.

"그게 사고인지, 자살인지."

분명 히나미의 세계는, 흑백이었던 게 아니라——.

"——이제 평생, 난 알 수가 없어."

애당초 빛이 닿고 있지 않았을지도 모른다.

"……그렇구나."

나는 히나미의 말이 무슨 의미인지 알지만, 실감은 못하고 있구나 싶었다.

“그래서, 어떻게 후회해야 좋을지 모르겠어. 현기증이 나지 않도록 푹 자라고 말했어야 했을까. 나기사의 마음이 제일 중요하니까 집단 괴롭힘에 대항하지 말라고 말했어야 했을까. 마음이 우울했다면 ‘나기사는 아무 잘못도 없으니까 괜찮아, 언니는 언제나 네 편이야’ 하고 말해줬어야 했을까——.”

자책하듯 말을 쭉 늘어놓던 히나미가 숨을 스읍 들이마시고서 목소리를 추슬렀다.

그러고는 스스로를 비웃었다.

“**결과가 있는데도 이유도 원인도 몰라**. 그래서 난 무얼 생각해야 좋을지조차 몰라서.”

그것은 히나미가 관철해온 미학에 반하는 것이었다.

“마치 나기사의 죽음이 내 세계에서 뎅강 잘려나간 것 같아서.”

그것은 히나미의 플레이어로서의 삶의 방식과 왠지 비슷한 것 같았다.

“마치 나기사의 죽음이 나와는 관계가 없는 화면 밖 세계로 쫓겨난 것 같아서.”

현실과 게임이 뒤섞여 과거와 현재조차 모호해진 풍경 속에서 히나미가 토해낸 과거에는—— 이유가 상실되어 있었다.

비탄조차 빼앗기고 만 세계를 체념하듯 쳐다보는 한 소녀가.

"이런 얘기를 해본들—— 아무런, 의미도 없는데 말이야."

말라버린 마음을 꽉 찌그러뜨리듯 말했다.

"……그렇구나."

나는 간단히 답을 내놓는 것도, 감상을 말하는 것도 꺼려졌다.

그러나.

"들려줘서, 고마워."

"……아니."

그 이후로 히나미는 입을 꾹 다물었다. 우리를 태운 공룡 모양 탈것이 출발 지점으로 다가갔다.

거짓말은 아닐 것이다. 그러나 히나미 아오이가 전부를 말한 것은 아닌 듯하다.

현실과 게임과, 과거와 현재와, 가면과 속내와.

히나미 아오이와 NO NAME과.

온갖 경계선을 뒤흔든 것 같은 몇 분이 지나갔다. 어트랙션에서 내린 나와 히나미는 세계에서 일상으로 무책임하게 내던져지고 말았다.

내리면서 내딛은 모래알의 자글자글한 감촉이 공연히 생생히 느껴졌다.

"——자, 토모자키 군. 가자!"

짐짓 명랑하게 말한 히나미의 얼굴에 또다시 자그마한

가면이 불쑥 떠올랐다.

＊ ＊ ＊

지금 우리는 서프라이즈 준비를 하기 위해 먼저 빠져나간 미미미와 타마 짱을 제외한 7명이서 욘텐도 월드 굿즈 샵에 있었다.

"이것도, 이것도 갖고 싶어! 근데 예산이 없는뎁쇼?!"

"하하하, 이런 데서 파는 굿즈는 꽤 비싸니까."

타케이와 미즈사와가 평소처럼 잡담을 나누는 모습을 조금 멀리서 바라보고 있었다. 내 마음과 몸은 히나미의 과거에서 완전히 돌아오지 못했다. 여전히 왠지 부유감에 젖어 있는 듯했다.

'히나미와 둘이서 속마음을 주고받는다.'

여행을 떠나기 전에 세웠던 목표는 달성했다고 봐야겠지.

그 녀석이 떠안고 있는 것의 아주 일부에 불과하겠지만, 이야기의 일부를 공유하는 데 성공했다.

그럼── 나와 히나미의 미래는.

그걸 알았다고 해서 대체 무엇을 바꿀 수 있을까?

생각하다가 문득 시선이 샵 한편으로 이끌렸다.

캐릭터 소품을 팔고 있는 코너에서 상품들을 보고 있는

히나미가 당장에라도 스러질 듯 보였다. 그러나 아마도 내가 아직 처리하지 못한 감정을 끌어안고 있어서겠지.

히나미가 들고 있는 바구니에는 이미 머그컵 몇 개가 담겨 있었다.

이즈미가 히나미에게 다가가는 모습이 보였다.

"아! 그거, 아까 그 넌자!"

"눈치챘어? 맞아."

이즈미가 명랑하게 말을 걸자 히나미가 차분한 투로 대답했다. 그녀가 보여주려고 들어 올린 그 머그컵에는 우리가 사랑하는 캐릭터인 파운드가 큼직하게 그려져 있었다.

"선물?"

이즈미가 묻자 히나미는 껄끄럽다는 얼굴로 시선을 돌리고는.

"……응."

이윽고 고개를 천천히 끄덕였다.

"이건, **여동생한테 줄 선물.**"

"……오호라! 그렇구나!"

여행에 지쳐서 평소보다 목소리에 힘이 없다고 여겼는지 이즈미는 딱히 개의치 않고 맞장구를 치고서 근처 선반을 물색하기 시작했다.

나는 그쪽으로 몇 걸음 걸어가 봤지만, 결국 다시 한번 히나미에게 말을 걸지는 못했다.

왜냐면 그 녀석의 바구니 안에 여동생에게 줄 선물이라는 그 머그컵이.

모두, 3개가 담겨 있었기 때문이다.

* * *

“우오오오오~! 아직 더 놀고 싶은뎁쇼?!”

“그럼 너만 놔두고 갈까?”

“그건 외로운뎁쇼?!”

현재 시각 오후 7시. USJ 폐장시간까지 아직 여유가 있다. 그러나 우리는 버스데이 파티를 앞두고 있기에 이쯤해서 퇴장하기로 했다.

“타고 싶은 걸 전부 다 타서 좋았어! 절규 머신은 좀 무섭긴 하지만! 아주 조금!”

이즈미가 과장되게 말하자 키쿠치 양이 맞장구를 쳤다.

“저도 아주 재밌었어요. ……감사합니다.”

키쿠치 양이 정중하게 감사의 뜻까지 전하자 모두들 스스럼없이 “됐어!” 하고 받아줬다.

“있잖아. 나도 굉장히 재밌었어.”

“아오이는 정말로 재밌어하던데?”

“뭐야, 타카히로, 불만 있어?”

두 사람이 말장난을 주고받고 있다. 이번 여행 중에 거리가 좁혀진 건지, 아니면 역시나 종전대로 스킬이나 겉치레의 연장선에 불과한 건지. 나는 알 수가 없었다. 아무리 성장하더라도 타인의 깊은 속마음까지는 들여다볼 수 없는 법이다.

그리하여 우리는 즐거웠던 USJ를 떠났다.

유원지를 떠날 때면 언제나 아쉬운 마음이 든다. 언제까지나 즐겁게 놀고 싶다는 이 마음은 어린애 같은 미련이겠지. 그러나 고등학생이 된 지금도 아무것도 달라지지 않았다.

자신에게 걸린 마법이 해제되는 걸 두려워하는 건 분명 인간의 본능이겠지.

그러나 오늘은 다르다. 왜냐면 오히려 우리는 이제부터가 진짜이니까.

"즐거웠어! 또 오고 싶네!"

히나미가 그렇게 환한 목소리와 표정을 지어내며 말했다.

나는 그 말이 온전히 그 녀석의 진심이었으면 좋겠구나 싶었다.

5 쓰러진 것처럼 보여도 마왕에게 또 다른 형태가 있는 경우도 있다

"미즈사와…… 아까 전에 고마웠어."

USJ를 나와 게스트하우스에 체크인을 했다. 2단 침대와 약간의 공간밖에 없는 도미토리룸을 미즈사와와 함께 쓰게 됐다. 둘 다 별생각 없이 침대에 걸터앉자 나는 이내 감사의 뜻을 전했다.

"대화는 제대로 나눴어?"

"……그럼 셈이지. 덕분에."

내가 수긍하자 미즈사와가 "그럼 다행이네." 하고 생긋 웃었다.

"미즈사와는 고백——."

나는 그렇게 말하려다가 도중에 끊었다.

"할 만한 타이밍이, 없었지……. 미안."

그러자 미즈사와가 하하하 웃었다.

"왠지, 아오이가 예상하지 못한 여러 일들에 휘말리는 바람에."

"그건 그렇긴 하지……. 뭐, 나도 남 말할 처지는 아니지만."

생일 축하 스티커, 절규 머신을 비롯하여 욘텐도 월드까지.

우리의 선의와 호의와 약간의 장난기 때문에 여태껏 불가능했던 히나미의 가면 속 얼굴을 엿볼 수 있었던 것 같다.
"생각 이상으로 아오이가 진심으로 즐긴 것 같으니 잘 됐어."
나는 오늘 히나미의 모습을 떠올리며 고개를 끄덕이고서.
"뭐, 그건 알겠어."
공범처럼 씩 웃었다.
"나, 생각했는데 말이야."
미즈사와가 오늘 하루를 돌이켜보듯 말했다.
"유즈가 했던 행동은 아무리 봐도 흔한 형식이잖아? 가장 인기 있는 어트랙션이니 꼭 타야 한다느니, 서프라이즈 케이크 같은 건 어처구니없을 정도로 진부해."
미즈사와가 쓴웃음을 지으며 내뱉은 말에는 가시가 돋쳐 있지 않았다.
"……그래도 진심으로 즐겁게 해주려고 마음먹었기 때문에 웃음을 이끌어낼 수 있었던 거야."
누군가를 부러워하는 듯한 울림은 느껴지지 않았다.
"형식에서 비롯됐는데도, 뜨거워질 수 있었어."
원하던 것의 조각이라도 찾아낸 것처럼, 그 윤곽을 확인하는 것처럼 미즈사와가 천천히 말했다.
그래서 나는 오늘이 아닌 얼마 전에 졌던 커다란 빚을 떠올리면서 말했다.
"미즈사와."
"응?"

"아마도, 똑같았어."

"……똑같았다고?"

나는 고개를 끄덕였다. 왜냐면 나도 미즈사와의 말에.

형식과 허세로 가득한 허울뿐인 말에 도움을 받았다.

"아시가루 씨와 엔도 씨한테 했던 그 연설도 똑같았어."

내가 감사와 존경을 담아서 말하자 미즈사와가 기뻐하는 얼굴로 웃었다.

"……그래?"

미즈사와의 표정에 서서히, 아마도 본인에게 향하고 있을 열기가 번져나갔다.

"확실히, 얼마나 번지르르한 말을 잘 늘어놓는지 경쟁하는 게임을 하는 기분이긴 했어……. 의미 없는 말을 하는 게 내 특기잖아."

그가 소년처럼 웃고서 이렇게 덧붙였다.

"근데 그 덕분에 네게 스폰서 제1호가 생겨서…… 왠지, 기쁘더라."

"미즈사와……."

그리고 빙의에서 풀린 것처럼 훌쩍 일어섰다.

"오케이~, 알겠어. 나도 특기를 조금 더 살려서 발버둥쳐볼게."

"……어."

그가 마지막에 한 말의 의미를 전부 이해한 것은 아니지만, 적극적인 의지는 느낄 수 있었다.

그렇다면 나는 미즈사와를 응원하면 그만이다. 그렇게 생각했다.

"자, 슬슬 시간이 됐나?"

"아, 그러네."

USJ를 떠나 이 게스트하우스에 도착했을 때, 미미미와 타마 짱이 "준비가 아직 덜 됐으니까 파티는 한 시간쯤 더 기다려줘" 하고 부탁했다. 시계를 보니 슬슬 한 시간이 다 됐다.

바로 그때.

문을 똑똑 두드리는 소리가 났다.

"예~."

미즈사와가 대답하자 문이 덜컥 열리더니 미미미가 고개를 힘차게 내밀었다.

"준비 다 됐어! 기대감을 가슴에 품고서 1층으로 집합!"

"라저."

"라저."

드디어 우리는 오늘의 진정한 메인 이벤트를 시작하게 됐다.

* * *

"아오이, 생일 축하해~~~!!"

미미미의 목소리를 신호로 팡, 팡, 팡, 하고 폭죽이 터졌다.

히나미 아오이 서프라이즈 파티가 드디어 시작됐다.

우리는 게스트하우스 1층에 있는 거실 같은 공용 공간에 모여 있었다.

실내에는 3명쯤 앉을 수 있는 커다란 소파 4개가 마주 보고 놓여 있고, 그 사이에는 로우 테이블이 2개 놓여 있다. 바닥에 깔린 러그를 포함한 집기와 장식들이 하얀색이나 나뭇결 문양을 기조로 하고 있어서 청량감과 따스함이 모두 느껴졌다.

벽에는 프로젝터가 달려 있을 뿐만 아니라 바로 옆에는 부엌도 딸려 있다. 그곳에서 타마 짱이 뭔가 작업을 벌이고 있는 듯했다.

"이야, 정말로 축하해."

하얀 소파에 앉아 있는 미즈사와가 능청스럽게 말했다.

"아이참. 축하한다는 말을 오늘 하도 들어서 귀에 딱지가 앉을 정도라니까? 어린애, 스태프, 공룡한테까지도 들었는걸."

"자자! 하지만 그중에서 진심을 가장 가득 담은 건 바로 우리야!"

"아하하. 그럴지도 모르겠네. 고마워."

히나미는 놀려대듯, 그러나 왠지 틈이 있는 웃음을 지어 보이면서 미미미의 마음에 응해줬다.

욘텐도 랜드에서 그런 대화를 나눴기 때문일까, 아니면 그냥 기분이 그렇기 때문일까? 역시나 히나미의 태도가 평소보다 더 나긋나긋해지고, 빈틈이 많아진 것처럼 느껴졌다. 그러나 그 속에 있는 어둡고도 끈적끈적한 무언가의 존재를 의식하지 않을 수가 없었다.

……아니, 지금은 그런 복잡한 것을 생각할 때가 아니다.

단지 이 서프라이즈 파티로 히나미의 마음을 울려서 기쁨을 선사하면 그뿐이다.

그것이 우리가 하고 싶은 일이다.

"그럼 여러분, 이제 슬슬 배가 고플 시간이죠!"

"무지무지 배고프다고~."

사회를 맡은 미미미에게 나카무라가 야유를 보냈다.

"자, 고대하던 버스데이 디너입니다! 타마, 부탁해요!"

미미미가 외치자 타마 짱이 접시에 담긴 여러 요리를 들고 왔다. 참고로 타마 짱 혼자서는 버거워서 타케이도 나르는 것을 거들고 있다. 만약에 이번 여행에서 두 사람의 거리가 좁혀지기라도 하면 큰일이므로 역시나 우리가 지켜내야만 한다.

"어…… 이거."

나온 요리를 보고서 히나미가 놀랐다.

"오옷?! 알아차렸습니까?!"

"오오미야에서 함께 먹었던, 치즈 펜네?"

"정답!"

미미미가 익살스럽게 말하자 히나미가 난처해하면서도 기쁘게 웃었다.

"아하하…… 대단해."

"여태껏 아오이랑 함께 먹었던 맛있는 치즈 요리들을 재현한 풀코스입니다!"

미미미가 오늘 저녁의 의미를 밝히자 우리도 이해했다.

히나미가 탁자 위에 있는 까르보나라 접시를 들고서 말했다.

"그럼 이 까르보나라는 작년에 육상부 대회를 치른 뒤 같이 가서 먹었던 그거?"

"그렇다는 말씀!"

"……정겹네."

즉 지금껏 히나미가 미미미나 타마 짱과 함께 여러 가게에서 먹었던 요리들. 그중에서 히나미가 특히 좋아했던 요리를 약 한 달만에 재현하여 선보였다는 뜻이다.

"어라……?"

내 시선이 탁자 위에 놓여 있는 샐러드에 빨려들었다.

"혹시 이 샐러드는 기타요노?"

"오옷! 설마 브레인, 정답?! 그렇습니다! 이건 기타요노에서 먹었던 이탈리안 샐러드입니다!"

"하하…… 진짜였어."

내가 축하를 받고 있는 것도 아닌데 왠지 마음이 흐뭇해졌다.

히나미가 나에게 인생 공략법을 가르쳐주기로 한 뒤로 중요한 대목마다 들렀던 가게다. 나와 히나미 모두 마음에 든 맛있는 이탈리안 레스토랑.

그곳에는 나와 히나미의 추억이라고 해야 하나, 역사라고 해야 하나, 어쨌든 과거가 담겨 있다.

……아니, 그보다도.

나는 탁자에 차려진 여러 요리를 둘러봤다.

샐러드, 까르보라나, 치즈 펜네, 카프레제.

분명 저 요리들에도 히나미와 미미미와 타마 짱의―― 추억이 담겨 있겠지.

"얘, 아오이, 기억나?"

타마 짱이 치즈 펜네와 카프레제를 가리키며 말했다.

"이건 말이야, 나랑 아오이, 밈미 셋이서 친해지고서 처음으로 갔던 가게였어."

"……응, 기억해."

"근데 말이야? 아오이가 느닷없이 모듬 치즈랑 치즈 펜네랑 카프레제를 주문했는데."

"응."

히나미가 맞장구를 치자 타마 짱이 장난기 가득한 얼굴로 말을 이었다.

"내가 할 말은 아니지만, 별난 여자애구나 싶더라고."

"아하하…… 그런 생각을 다 했던 거야?"

"응. 근데 지금은…… 그런 면이, 귀엽구나 싶어."

"그래. ……고마워."

히나미가 미소를 지으면서도 차려진 요리들을 지그시 쳐다봤다. 무언가를 반추하는 듯한 부드러운 표정은 도무지 연기처럼 보이지 않았다.

이윽고 히나미가 난처하게 웃고서 평소보다 축축해진 목소리로 이렇게 말했다.

"……어쩐담. 아까워서 못 먹겠어."

"그 마음 알아! 하지만 단호하게 드세요~!"

우리는 그렇게 감정을 공유하고 있는 세 사람을 묵묵히 바라봤다.

히나미와 미미미는 중학교 부활동 때부터 알고 지내온 사이다. 그리고 고등학교 1학년 때부터 알게 된 타마 짱은 히나미가 잃어버린 소중한 사람과 닮았다고 한다.

우리와 저들 중 어느 쪽이 인연이 더 끈끈한지, 더 오래됐는지 그런 걸 굳이 비교하려는 의도는 아니지만.

저 세 사람의 인연은 특별해서 대체할 수가 없겠지.

"굉장해……, 맛있어! 그보다도, 거기 요리랑 꽤 흡사해……."

히나미가 웃음을 흘리면서 샐러드에 손을 댔다. 한 번 입에 넣고 나서는 손을 멈출 수가 없었는지 순식간에 그 샐러드를 절반 넘게 먹어버렸다.

"아하하. 아오이, 아까워서 못 먹겠다고 하지 않았던가~?"

"맛있으니까 어쩔 수 없잖아?"

그렇게 말장난을 치는 미미미와 히나미를 보면서 우리도 서로 눈치들을 보고서 탁자에 차려진 요리에 손을 댔다.

"오오…… 상당히 재현했어."

그 샐러드를 먹고서 나도 놀랐다. 그야 물론 완벽하게 재현한 것은 아니다. 그러나 이 요리를 처음부터 자기 힘으로만 만들었다면 정말로 대단하다고 할 수 있다. 시행착오를 한두 번만 겪지는 않았을 것이다.

"그치~?! 가게에 여러 번 가서 여러모로 배워왔거든!"

다른 요리들도 모두 완성도가 높았다. 나는 그 추억까지는 공유할 수 없었지만, 미소를 머금은 채 고개를 연신 끄덕이며 먹고 있는 히나미의 모습을 보니 얼마나 특별한 의미가 담겨 있는지 엿볼 수 있었다.

과정을 들어보니 요 한 달 동안 추억의 가게들을 찾아다녔고, 허락해준 곳에서는 레시피의 일부도 배워왔다고 한다. 그리고 식재료를 손질하고 소스를 만드는 과정까지는 타마 짱의 집에서 둘이서 함께 진행했다. 당일에 그것들을 보냉제와 함께 챙겨 와서는 게스트하우스에 짐과 같이 맡겨뒀고, 먼저 USJ에서 돌아와 둘이서 조리했다고 한다.

"굉장하네……. 정성을 그렇게나 쏟은 거야?"

내가 말하자 타마 짱이 꾸밈없는 목소리로 대답했다.

"응. 그야 그렇지."

그리고 부드러운 눈빛으로 히나미를 쳐다보며 덧붙였다.

"왜냐면 나, 이렇게 해도 다 갚을 수 없을 만큼, 아오이한테서 여러 가질 받았는걸."
"하나비……."
타마 짱이 속셈이 전혀 없는, 솔직한 웃음을 지으며 말했다.
"그러니까…… 다시 한번 고마워, 아오이."
"……응. 나야말로."
히나미의 목소리가 서서히 떨리다가 맥없이 사라져갔다.
"아~앗! 타마만 치사해! 나도 감사하고 싶은데!"
"아하하. 이제 충분히 전해졌는데?"
"아냐! 마음이 전해졌더라도 말로 똑바로 전하는 것도 중요하니까!"
미미미가 살짝 멋쩍어하면서 말했다.
"나, 아오이가 없었다면 육상을 하지 않았을 테고, 공부도 그렇게까지 못했을 테고……, 왠지 아오이가 내 모든 걸 지탱해왔다는 느낌이 들어."
"에이……, 과장은."
"과장이 아냐! 이건 진짜야!"
미미미가 역시나 또 반쯤 멋쩍어하면서 말했다.
"그러니 고마워! 나, 아오이를 세계에서 가장 존경하고 있어!"
그녀가 얼굴을 붉히면서 시선을 살짝 돌렸다.
그 고백은 타마 짱의 방식과 정반대라고도 할 수 있다.

그러나 양쪽 모두 진심만이 느껴졌다.

"응. ……고마워."

그래서 퍼펙트 히로인인 히나미 아오이조차 감정이 북받쳐 짤막하게 대답할 수밖에 없었겠지.

그러나 놀랍게도 두 사람의 서프라이즈는 이것으로 끝이 아니었다.

우리가 요리를 한바탕 다 먹었을 즈음 미미미가 부엌으로 향했다.

"그리고 이게── 오늘 메인입니다!"

그녀가 얼굴만 한 호화찬란한 치즈 케이크를 들고 나왔다.

위에는 베리를 중심으로 한 과일들이 듬뿍 놓여 있어서 먹는 사람을 즐겁게 해주겠다는 사랑이 한가득 느껴졌다. 먹음직스러운 것은 물론이고 보는 눈도 즐겁다. 그런 치즈 케이크였다.

이것도 어떤 추억이 서려 있는 음식일까? 그렇게 생각하면서 상황을 지켜보고 있으니 히나미가 왠지 어리둥절해하는 얼굴로 그 케이크를 보고 있었다.

"어랍쇼! 아오이, 이 케이크는 잘 모르겠다는 표정인데요?!"

"어, 으, 응."

히나미가 고개를 끄덕이자 어째선지 타마 짱이 왠지 부끄러워하는 듯한 표정으로 입을 열었다.

"있잖아……."

그리고 그녀는 미미미에게서 그 케이크를 넘겨받아 천천히 옮겼다.

"나, 가업인 양과자점 일을 정식으로 거들어볼까, 하고 말했었잖아?"

그 말을 듣고서 이 자리에 있는 모두가 분명 감을 잡았겠지.

타마 짱이 접시를 탁자 위에 조심스럽게 내려두고서 히나미 앞으로 옮겼다.

그리고 '생일 축하해 늘 고마워 아오이'라고 적힌 플레이트를 위에 얹고는…… 히나미를 향해 미소 지었다.

"내가 난생처음으로 만든 오리지널 케이크야."

타마 짱의 말을 듣고 아오이가 놀라워하다가 이윽고 웃음을 흘렸다.

"아이 참……, 치사해, 둘 다."

"아하하. 아직 부모님의 도움을 받긴 했지만 말이야."

"……그래도."

타마 짱이 나이프로 케이크를 잘라 1인분을 접시에 올리고서 히나미 앞에 부드럽게 내려뒀다.

히나미가 반짝거리는 컬러플한 치즈 케이크를 물끄러미 쳐다봤다.

"자자~! 어서 먹어!"

"하지만……."
"어차피 한 입 먹으면 손을 멈출 수가 없을 테니까."
"와아, 그렇게 큰소리 떵떵 쳐도 될지 모르겠네?"
장난스럽게 티격태격하는 미미미와 히나미의 호흡이 평소처럼 척척 맞았다.
이런 대화는 아마도 어떤 의미에서 형식이라고도 할 수 있겠지만……, 나는 그래도 좋지 않나 싶었다.
히나미가 포크로 그 케이크를 천천히 입으로 옮겼다.
"……맛있어."
고마운 감정도 섞여 있는 듯한 목소리가 흘러나왔다.
상대가 그 히나미이니 그걸 어디까지 믿어야 할지는 모르겠지만.
이 시간은 우리 아홉 사람에게 소중한 기억이 됐다.
우리는 히나미에 이어서 조각을 낸 치즈 케이크에 손을 댔다.
"오오! 이거 맛있네!"
미즈사와가 놀라워하며 말했다.
"……굉장해. 베리의 달콤함과 치즈의 촉촉함이 어우러져……."
나 역시 너무 맛있는 나머지 주저리주저리 떠들어대는 오타쿠의 나쁜 습성이 튀어나왔다.
"타마의 케이크, 먹길 잘 했다아……!"
타케이는 무언가에 감동했는지 반쯤 울먹이며 먹고 있

생일 축하해
늘 고마워
야오이

었다.

“아하하……. 이거, 처음 만든 케이크이지만 가게에 내놔도 손색이 없겠네.”

히나미가 미소 지으며 말하자 타마 짱이 으으응, 하고 입웃음을 지으며 고개를 가로저었다.

“그게 말이야. 우리 가게 가격대로는 절대로 수지타산을 맞출 수가 없으니 안 된대.”

“……그렇구나. 고마워, 하나비.”

“천만에요.”

부드럽게 고개를 끄덕인 타마 짱은 그 누구보다도 작지만, 그 누구보다도 크다.

그리고…… 대화를 듣던 도중에 나와 미즈사와가 눈짓을 주고받았다.

“좋아, 가자. 후미야, 후카 짱.”

“오, 오.”

“아, 예!”

나는 미즈사와와 키쿠치 양과 함께 앞으로 나섰다.

“조, 좋아. 애들아!”

“그럼 우리가 준비한 선물도 한 번 보실까.”

“시, 실까요!”

말을 조금 더듬은 나와 여전히 유창한 미즈사와, 그리고 말꼬리만 따라 읊은 키쿠치 양이 프로젝터 앞에 나란히 섰다.

만약에 지금 히나미에게서 새어 나오고 있는 감정이 진짜라면.

그 마음으로 이걸 봐줬으면 좋겠다.

나는 바로 USB허브에 컨트롤러를 연결한 태블릿을 실내에 설치된 프로젝터에 접속했다. 그리고 벽 한 면에 어떤 로고 화면을 띄웠다.

'은신! 수리검 난사 파운드.'

그 로고는 심플하지만 어패 그래픽을 그대로 차용하여 만든 것이다. 오프닝 화면이 꽤나 그럴 듯하다. 히나미가 좋아하는 게임「돌격! 난사 부잉」을 어패의 파운드로 재현한 오리지널 게임이다.

"아하하, 이게 뭐야? 패러디 동영상?"

히나미가 웃으면서 말하자 나는 그녀의 앞에 컨트롤러를 내려뒀다.

"핫핫핫. 동영상? 아쉽게 됐네요. ――패러디 게임입니다."

"게임?!"

놀라서 눈이 휘둥그레진 히나미를 아랑곳하지 않고, 나는 오리지널 모드와 대전 모드가 표시된 오프닝 화면에서 대전 모드를 선택했다.

"이거 봐, 제대로 작동해."

"그게 뭐야! 일부러 제작한 거야? 오리지널로?"
"어. 키쿠치 양과 미즈사와, 그리고 아시가루 씨한테 도움을 받아서…… 제작을 의뢰했어."
내가 말하자 히나미가 또다시 키득 웃었다.
"토모자키 군, 아까 요리를 보면서 '정성을 그렇게나 쏟은 거야?' 하고 말했는데…… 남 말할 처지가 아니네?"
너무나도 지당한 말이었다.
그러나 그 말의 답 역시…… 아까 전과 동일하다.
"당연하지."
나는 자랑하듯 당당하게 말했다.

"왜냐면 난 너한테서── 갚을 수 없을 만큼 소중한 것들을 많이 받았으니까."

"……아, 그래."
히나미가 배배 꼬인 척하면서도 은근히 웃음기를 담아 대답했다. 그러고는 눈앞에 있는 컨트롤러를 쥐고서 「은신! 수리검 난사 파운드」를 조작하기 시작했다.
"어……."
히나미가 놀라워하며 목소리를 높였다.
"하하하, 어때, 굉장하지?"
"이거…… 조작감이."
히나미가 말하자 나는 자신만만해하며 고개를 끄덕였다.

아마도 처음에 히나미는 어패 캐릭터를 따온 단순한 슈팅 게임인 줄 알았겠지. 그러나 이 패러디 게임은 그래픽 등 '외적 요소'뿐만 아니라 룰이나 조작성 등 구조도 중시하여 제작했다.

그래서 그래픽은 다를지라도 분명 플레이 감각은── 옛날에 여동생들과 플레이를 했던 그 시절과 거의 동일할 것이다.

"해보자고. 오랜만에."

나는 다시금 컨트롤러를 쥐었다.

"──파운드 대 파운드, 미러 매치를."

내 말을 듣고 히나미가 또다시 기막혀하면서도, 재밌다는 듯 웃음을 흘렸다.

"바라는 바야. ……근데."

이윽고 그 표정이 서서히 호전적으로 바뀌어갔다.

나와 어패를 하기 전에 짓던 이 녀석의 표정과 비슷했다.

역시나 이 녀석에게는 이 호승심 가득한 웃음이 가장 잘 어울린다고 생각한다.

"저 파운드를 다룬 역사는 내가 압도적으로 더 오래됐는데 괜찮겠어?"

히나미가 진심인지 가면인지 더는 알 수 없는 말을 내뱉었다.

이 시간은 부잉과 어패가 한데 뒤섞이는 순간이자——

——동시에 어렸을 적 히나미와 NO NAME이 한데 합쳐지는 순간이라고 생각했다.

* * *

"야, 잠깐만! 아오이, 너무 세잖아!"
"엣헴! 또 나의 승리. 귀정."
지금 우리는 다 함께 「은신! 수리검 난사 파운드」 대전을 벌이고 있다.
진 사람이 다음 사람과 교대하는 패자 교체 방식으로 진행해봤더니 현재까지 아오이는 한 번도 지지 않고 계속 플레이를 하고 있다.
"근데 제법 좋은 승부였네! 나카무, 고생했어!"
"젠장, 조금만 더 밀어붙였으면 이겼는데 말이야. ……HP가 바닥을 보이자마자 수비를 엄청 단단하게 하다니."
방금 히나미에게 아슬아슬하게 패배한 나카무라가 대단히 아쉬워하고 있다. 나카무라가 초반에는 괜찮게 밀어붙였지만, 결국 후반부에 히나미가 초(超)로우 리스크 기동을 한 바람에 분패하고 말았지. 그보다도 초심자를 상대로 그런 플레잉은 너무 유치한 거 아닌가? 히나미.

"이로써…… 15연승인가요?"

"그러네……. 하지만."

키쿠치 양이 무섭다는 눈빛으로 히나미를 쳐다보자 나는 자신 있게 말했다.

"대강 알았어. 다음은 괜찮아."

"오오! 기대할게요."

나는 나카무라에게서 컨트롤러를 넘겨받은 뒤 히나미와의 4번째 대결을 맞이했다.

"자, 이번에도 가볍게 놀아보실까."

"아니, 이번에야말로 내가 이긴다."

우리가 게이머로서 서로에게 호언장담을 늘어놓자 구경꾼들이 들끓었다. 흠, 프로 게이머로서 이런 서비스 정신도 역시나 중요한가?

그리하여 시합이 시작됐다.

이 게임은 파운드를 상하로 움직이면서 버튼을 눌러 수리검을 던질 수 있다. 공격에 당하면 대미지를 입고, 포인트가 일정하게 쌓이면 패배하는 지극히 심플한 룰이다. 심플하기에 이 게임에서 중요한 것은 단순히 조작 정밀도다. 물론 히나미는 오랜 세월에 걸쳐 세련된 조작법을 익혔기에 이토록 연승을 거두고 있는 것이다.

그러나 나 역시 아무런 승산 없이 이기겠다고 말한 게

아니다.

이 게임의 포인트는 캐릭터가 위나 아래로 방향을 전환할 때는 속도가 느리지만, 같은 방향으로 계속 움직이면 가속하는 특수한 조작감과 각 플레이어마다 2발씩, 슈팅 게임의 폭탄 같은 필살탄을 쏠 수가 있다는 점이다. 참고로 부잉에서는 봄이라고 부르지만, 수리검 난사 파운드에서는 섬광탄이라고 명명했다.

섬광탄은 위력이 강력해서 한 발만 맞아도 체력의 딱 절반을 날려버릴 수 있는 일발역전 기술이다. 참고로 앞선 시합에서 나카무라가 히나미를 몰아붙일 수 있었던 이유는 초반에 히나미가 조작을 실수하면서 이 섬광탄에 맞아버렸기 때문이다.

즉 규칙의 구멍. 공략할 수 있는 법은 그것을 파고드는 것뿐이다.

"……."

나는 히나미의 움직임을 유심히 보면서 기회를 엿봤다.

힌트는 아까 나카무라가 섬광탄을 적중시켰을 당시 히나미가 보여준 기동에 있다.

최대HP의 절반을 날려버리는 막강한 섬광탄.

숙련자인 히나미가 그 탄에 맞은 건 아마도 우연이 아니다.

그렇게 생각했을 때 활로가 열렸다.

"——지금이다!"

나는 히나미가 왼쪽에서 조작하는 파운드가 화면 좌상 쪽으로 이동한 순간. 가장 윗부분에서 조금 아래, 폭풍(爆風)이 아슬아슬하게 좌상 쪽에 닿을 만한 지점에 시간차를 살짝 두고서 섬광탄 2발을 연달아 발사했다.

"……으!"

히나미가 당황하며 방향을 전환했으나 이미 늦었다.

왜냐면 이 게임은…… 방향을 전환할 때 속도가 느려진다.

내가 쏜 포탄이 어떻게든 아래로 이동하려는 파운드에게 직격했다. 그리고——.

대미지를 입고서 몸을 뒤로 젖힌 바람에 히나미의 파운드가 속도를 잃었다. 그래서 곧바로 엄습해오는 또 다른 섬광탄을 무적시간 동안에 피하지 못하고 또 적중됐다.

"아————앗!"

히나미가 큰소리를 냈다. 섬광탄 2발을 맞았다는 것은 즉 그 순간, 그녀가 조작하는 파운드의 HP가 제로가 됐다는 뜻.

"좋았어~!"

내가 승리 포즈를 취하자 구경하고 있던 멤버들이 환호성을 질렀다. 연승해오던 히나미가 처음으로 패배하자 모두들 들끓었다. 히나미는 생일인데도 마치 원정팀인 것 같은 취급을 받았다.

"잠깐만, 그거, 히나미가(家)에서는 반칙으로 규정된 플레잉! 더블 봄이잖아!"

"하아? 그게, 뭐야?"

"적절한 때를 노려 그 기술을 쓰면 무조건 이겨버리니까 게임이 시시해져서 반칙으로 규정한 거야! 더블 봄!"

"그래? ……근데 아쉽게 됐어."

"뭐?"

나는 어린애처럼, 가슴을 펴고서, 핵심을 찌르듯, 시답잖은 논리를 내세웠다.

"이 게임은 「난사 부잉」이 아니라 「수리검 난사 파운드」라서 그런 반칙은 아직 없어."

"크…… 하, 하지만!"

나는 히나미의 말을 막고는 칫칫칫, 하고 혀를 차며 손가락을 흔들었다.

"게다가 넌 방금 '더블 봄'이라고 했지? 아쉽게도 내가 사용한 기술은── '더블 섬광탄'이야."

히나미가 원통한지 이를 악물며 나를 째려보더니.

"하, 한 번 더."

그렇게 말했다.

승부욕이 너무 강하다고 해야 할지, 어린애 같다고 해야 할지── 혹은 게이머답다고 해야 할지.

그래서 역시나 히나미의 그런 면은 나와 닮았구나 싶었다.

"자, 너무 열중했어."

이즈미가 우리의 머리를 톡, 하고 가볍게 때렸다.

"게임은 슬슬 끝내고……, 그보다도 마지막에 우리의 서프라이즈도 남아 있거든!"

"오, 오, 그랬었지. 미안."

나는 솔직히 사과하고서 덧붙였다.

"……뭐, 밤은 기니까 게임은 언제든지 또."

"또 할 생각이야?! 내일도 있으니까 일찍 자지 그래?!"

이즈미가 엄마 속성을 발휘하여 태블릿과 프로젝터의 접속을 해제했다. 그러고는 화면에 DVD플레이어 대기화면을 띄웠다.

"……동영상?"

히나미가 어리둥절해하며 말하자 나카무라와 타케이도 자신 있게 고개를 끄덕였다.

"그럼 마지막으로 '아오이 고마워요 모임'이 보내는 축하 인사입니다!"

이즈미가 그렇게 말하고서 실내조명을 껐다.

아까보다 선명해진 프로젝터 화면에는 아무도 없는 세키토모 고등학교의 복도가 띄워졌다.

"아오이! 생일 축하해!"

화면 구석에서 타치바나와 카시와자키 씨를 비롯한 여섯 사람이 튀어나왔다. 이 자리에는 없는 동급생들이다.

"크으, 뜨겁게 축하해주고 싶은 마음은 굴뚝같지만, 우리가 그 자리에서 축하해줄 수 없다는 게 유일한 문제점이네."

"진짜! 작년에는 평일이었는걸. 다 함께 축하해주고 싶었는데."

"돌아오거든 성대하게 축하해줄 테니 각오해!"

"……아하하, 미안."

히나미가 그 동영상을 보면서 불쑥 중얼거렸다.

어두워진 실내에서 프로젝터만이 빛나고 있어서 그 표정을 읽을 수가 없었다.

"히나미는 약한 모습을 일절 보여주지 않지만, 가끔은 보여줘도 괜찮아!"

"오오! 왠지 그 말 멋진데~."

"뭐, 뭐 어때!"

"그럼 멋진 17살을 보내길 바랄게~!"

모두가 말을 마치자 그 동영상이 푸슈, 하고 끊어졌다.

이즈미의 서프라이즈가 끝났구나 싶었을 때.

화면이 또 환해졌다.

"아오이 선배! 생일 축하드립니다!"

"히나미, 생일 축하해."

화면에 육상부 부실 앞이 띄워졌다. ──그곳에 6명쯤 되는 여학생들이 있었다.

즉 이번에는 육상부 선배와 후배들이 보내는 메시지겠지.

"저희들은 진짜로! 히나미 선배를 동경해요! 왠지 여러 선배 중에서도 각별하다는 느낌이 들거든요!"

"인마, 우리도 동경하라고."

"엥~? 근데 역시 비교 대상을 잘 못 택한 거 같은데요~."

"너희들……."

하나 같이 왠지 격의가 전혀 느껴지지 않는 소탈한 축하 인사였다.

이즈미가 부탁해서 촬영했다기보다는 평소에 품고 있던 생각을 진솔하게 전하고 있는 듯한 영상이었다.

"히나미 선배가 은퇴한 뒤에도 저희들이 이 부의 전통을 지켜나갈게요!"

"아오이식(式) 그라운드 정비법, 후배들한테도 대대로 전해나갈게요!"

"히나미 선배한테…… 으, 받았던 신발끈…… 소중히……

소중히 간직할게요!"
"야, 울지 마, 이거 생일이야, 졸업식이 아니라고."

"아하하…… 시마 짱……."
히나미가 웃었다. 그러나 그 목소리에 서서히 감정이 배어가고 있음을 알았다.

등장인물들의 면면을 보니 1학년 때 없어져 버린 육상부 고문 선생님, 육상 전국대회에서 겨뤘던 라이벌, 오오미야에 있는 치즈가 맛있는 단골 식당 주인까지 정말로 다방면에 걸쳐 있다.

"아오이 짱!"

"히나미 씨!"

"히나미!"

수많은 사람이 부르는 그 이름과 축하 인사는 지금껏 히나미가 해왔던 것을 여실히 증명했다.
아마도 히나미는 대부분 그저 '처세'하기 위해서, 그리고 본인이 옳다는 것을 '증명'하기 위해서 차가운 가면을 쓰고서 그들에게 관여해왔겠지. 본인이 연약하다는 걸 감추기 위해서 이용해왔을 따름이겠지.

그러나.

히나미가 본인을 위해서 해온 것들이── 이토록 수많은 존경과 호의를 낳았다.

이다지도 많은 사람이 히나미에게 감사의 뜻을 전하려고, 기쁨을 주려고, 일부러 시간을 할애하면서까지 축하 인사를 보내고 있다.

"저기, 히나미."

이것은 히나미가 견지하는 삶의 방식이 도출해낸 하나의 답이라고 생각했다.

"……이제 알겠지?"

영상에 시선을 빼앗긴 히나미에게 다가가 그녀에게만 들리는 목소리로 속마음을 전했다.

그때 근처에서 본 히나미의 눈이 젖어 있는 듯했다. 단지 어둠 속에서 히나미의 눈에 반사된 프로젝터 빛이 마치 눈물처럼 보였던 것뿐일까?

아니면 오늘 하루에만 감정이 여러 번이나 뒤흔들린 덕분에 순수한 호의가 히나미의 가면 속에 닿은 걸까?

그건 분명 히나미만이 알고 있다.

"……알겠냐니? 뭐가."

감정을 억지로 억누른 듯한 목소리가 내 귀에 닿았다.

"설령 '형식'일지라도 말이야. 그걸 쌓아나가면 확실히 닿기 마련이야."

최근에 앞으로 나아가기 위한 열의를 손에 넣은 한 남자를 생각하면서.

혹은 그것을 쌓고 쌓아서 특별한 무언가를 손에 넣으려고 애쓰고 있는 두 사람의 시행착오를 생각하면서.

그리고―― 눈앞에 있는, 치열하게 싸우는 것 말고는 다른 방식을 모르는, 게임을 좋아하는 소녀를 쳐다보면서.

"넌 그저 단순히 '증명'만을 염두에 두고서 행동해왔을지도 몰라."

그 말은 모두에게도, 내 '인생 공략'에도 해당하는 말이었다.

"그래도 그런 네 행동에 나도, 여기 있는 애들도, 동급생들도, 선배와 후배들도, 선생님들까지 모두 도움을 받았어. 너한테서 소중한 걸 받았단 말이야."

이 말은 틀림없이, 내가 닿길 바라는 곳까지 닿고 있다.

"그러니까, 그걸로 됐어."

어째선지 나는 그런 실감이 들었다.

"히나미 아오이는, 그걸로 됐어."

"――그럼 다음이 마지막 메시지입니다!"

다시 한 번 화면이 어두워지더니 이즈미가 명랑한 목소리로 알렸다.

아까보다 어둠이 더 오랫동안 이어진 뒤 마지막 동영상이 시작됐다.

그런데, 그때——.

히나미 아오이가 쭉 쥐고 있던 컨트롤러가, 바닥에 덜컹, 떨어졌다.

"……어."

커다란 프로젝터가 비추는 영상 속에는 내가 딱 한 번 만난 적이 있는 인물——.

"——아오이, 생일 축하해."

히나미 아오이의 어머니와 여동생이 있었다.

작가 후기

오랜만에 뵙습니다. 야쿠 유우키입니다.

애니메이션이 한창 방영하던 중에 발매된 9권으로부터 1년. 하필이면 그 마지막 장면으로부터 1년이나 기다리게 해서 죄책감을 느끼고 있습니다. 그런데 뭐라고 해야 할까요, 이번 권 마지막을 보니 똑같은 죄를 또 저지를 것 같은 예감이 자꾸자꾸 듭니다. 또한 축제였던 애니메이션 방영이 끝난 뒤로 순식간에 1년이 지났는데, 아직 1년밖에 안 지났나 싶은 마음도 들긴 합니다.

그리고 여러분께서 이 10권을 구입해주셨다는 건 드디어 그 소식을 들으셨다는 뜻이겠죠.

「약캐 토모자키 군」 신작 애니메이션 제작이 결정됐습니다!

'신작 애니메이션'이란 과연 무엇인가, 그 단어가 무엇을 의미하는가. 그 물음에 대한 답은 어른의 사정 때문에 쉬쉬하고 있습니다만, 안심하고 기대해주셔도 좋다는 말은 확실히 전해드릴 수 있을 것 같습니다. 장점을 최대한 발전시켜 오오미야를 수도로 만든다. 그런 각오가 담긴 콘텐츠라고 생각하시고서 앞으로도 응원해주십시오.

자, 애니메이션이라고 하니 한 가지 떠오르는 에피소드가 있습니다. 「약캐 토모자키 군」이 방영하고 있을 때, 매주 방송이 나갈 때마다 플라이 씨가 Twitter에 일러스트를 올려주신 건 여러분들도 알고 계실 겁니다. 그런데 제 1화가 방영하고 있을 때 저와 담당 편집자인 이와아사 씨와 플라이 씨 셋이서 실시간 애니메이션 상영회를 가졌습니다.

축제 같아서 대단히 즐거운 시간이었습니다만, 실은 그때 플라이 씨가 기념 일러스트를 우리들 눈앞에서 아무 말도 하지 않고 몰래 투고했습니다.

전 이와아사 씨가 "플라이 씨……!" 하고 감탄하는 소리를 듣고서 그 사실을 알아차렸습니다. 그 일러스트를 보고 흥분한 제 앞에서 플라이 씨가 조용히 웃고 있었던 모습이 지금도 선합니다.

전 플라이 씨다운 순수한 행동과 투고된 히나미의 눈부신 웃음과 그 마음씨에 굉장히 감동했습니다.

분명 아무리 감사해도 모자랄 일이지만……, 그렇기에 새삼스럽지만 이번에 여러분들께 한 가지 알려드려야할 사실이 있습니다.

본 서적 권두 일러스트로 표현되어 있는 '의상의 이야기성'입니다.

감동적인 에피소드를 서설로 이용하지 마, 저자 후기용 페이지에 여유가 있다고 해서 마음대로 써 재끼지 마, 플라이 씨에게 더 감사해 같은 소리들이 들려오는 것 같습니다만, 작가 후기이니 마음대로 하도록 놔두세요. 플라이 씨, 감사합니다.

자, 이번 권 USJ 권두화 말입니다만, 실은 그 그림을 발주했을 당시에는 'USJ의 커다란 지구 모형 앞에서 남자들은 사복, 여자들은 교복을 입고서 기념사진을 촬영한다'는 콘셉트로 그려주십사 부탁드렸습니다만, 실은 상세한 내용은 플라이 씨에게 맡겨뒀습니다.

즉 예를 들어 미미미와 타마 짱은 똑같은 모자를 쓰고 있고, 히나미만이 주인공 모자를 쓰고 있으며, 이런 상황에서 붕 떠버릴 것 같은 키쿠치 양이 유즈와 똑같은 카추샤를 착용하고 있고, 사복으로 온 남자들 중에서 타케이만이 교복을 입고 있는 점 말입니다.

그것은 저나 이와아사 씨가 아니라 플라이 씨가 연출해주신 부분입니다.

예를 들어 키쿠치 양이 유즈와 똑같은 카추샤를 착용한 이유는 그녀 혼자 붕 떠버릴까 봐 걱정한 유즈가 동일한 카추샤를 미리 구입해뒀을지도 모른다.

타케이는 여자들의 교복 리미티 이야기를 들었을지도 모른다. 혹은 남자들에게 '다함께 교복 입고 가자!' 하고 권했지만 무시당했을지도 모른다.

그 권두화는 일러스트로 담아낸 순간보다 과거에도, 미래에도 이 세계가 존재하고 있음을 표현하고 있습니다. 그래서 플라이 씨의 그림에는 깊이가 있는 겁니다.

배후에 펼쳐진 이야기를 의상이나 표정의 사소한 변화로 전한다.

다시 말해…… 속사정을 어디까지나 일러스트로만 보여줄 뿐 많은 것을 이야기하지 않는다.

그것은 플라이 씨의 일러스트가 품고 있는 수많은 매력 중 하나입니다. 이렇듯 제가 플라이 씨의 팬을 유지하고 있는 무한한 이유 중 하나이기도 합니다.

자, 이 대목에서, 앞부분에서 언급했던 애니메이션 제1화 상영회 때 에피소드가 떠오릅니다.

플라이 씨는 일러스트를 사전에 그려왔는데도 우리한테는 전혀 내색도 하지 않고, 우리 눈앞에서 몰래 트위터에 올렸습니다.

'속사정을 어디까지나 일러스트로만 보여줄 뿐 많은 것을 이야기하지 않는다.'

이것은 플라이 씨가 그린 일러스트의 훌륭한 점일 뿐만 아니라 플라이 씨라는 한 일러스트레이터의 고상함도 함께 드러내고 있습니다. 일러스트와 제가 직접 겪은 에피소드만으로도 여실히 알 수 있지 않습니까?

이 심정이 조금이라도 전해졌다면 다행이겠습니다.

그럼 감사 인사를 올리겠습니다.

일러스트를 담당해주신 플라이 씨. 코미케에서 판매할 예정인 동인지 후기를 부탁받았는데 짧은 기간에 그런 괴문서를 2개나 보내드리고 말았습니다. 고소를 당하지 않을까, 하는 불안감에 벌벌 떨고 있습니다. 혹여나 법원에서 만날 일이 생기거든 살살 부탁드리겠습니다. 팬입니다.

담당자 이와아사 씨. 매년 연말마다 쇼가쿠칸에 갇혀 지내는 게 아예 연례행사가 된지라 혹 쇼가구칸은 신사(神社)가 아닌가, 하는 생각마저 듭니다. 가까운 날에 또 참배하러 가도록 하겠습니다.

그리고 독자 여러분. 애니메이션 방송이 끝났나 싶더니만 신작 애니메이션이 발표됐습니다. 앞으로도 재미난 것들을 많이 보여드릴 수 있을 것 같으니 저와 함께 돌진해 주시길 바라겠습니다. 늘 응원해주셔서 감사합니다.

그럼 다음 권에서 또 뵙길 바라겠습니다.

야쿠 유우키.

약캐 토모자키군 Lv.10

2022년 8월 14일 1판 1쇄 발행

저 자 야쿠 유우키
일러스트 플라이
옮 긴 이 박춘상
발 행 인 유재옥
본 부 장 조병권
담당편집 정영길
편집 1 팀 김준균 김혜연 박소연
편집 2 팀 정영길 조찬희 박치우 정지원
편집 3 팀 오준영 곽혜민 이해빈
미 술 김보라 박민솔
라 이 츠 맹미영 이승희 이윤서
디 지 털 박상섭 최서윤 김지연
발 행 처 ㈜소미미디어
등 록 제2015-000008호
주 소 서울시 마포구 토정로 222, 403호 (신수동, 한국출판콘텐츠센터)
판 매 ㈜소미미디어
제 작 처 코리아피앤피
마 케 팅 한민지 박종욱
경영지원 최정연
전 화 편집부 (070)4164-3962, 3963 기획실 (02)567-3388
판매 및 마케팅 (070)4165-6888, Fax (02)322-7665

ISBN 979-11-384-1296-4 (04830)
979-11-5710-883-1 (세트)